逆行先が(元)婚約者の中ってどういうことですか？

婚約破棄されたのに『体の中』で同棲することになりました

風凪

B's-LOG BUNKO

ビーズログ文庫

イラスト／黒野ユウ

Contents

アリーシャ・メイベル(魂)
メイベル伯爵家の令嬢。
ジルベルトに婚約破棄され命を落とすも、
なぜか魂だけが婚約破棄前の
世界に蘇ってしまい——？
ジルベルト・バートル
バートル伯爵家の令息。
スポーツも勉強も得意な優等生。
ある日、未来からきたアリーシャの
魂と体を共有することになる。
逆行先が(元)婚約者の中ってどういうことですか？
婚約破棄
されたのに
『体の中』で
同棲することに
なりました

登場人物紹介　Character Introduction

コーデリア・パッカー

クラスメイトの子爵令嬢。
少しわがままなお嬢様。

ブライト・レイ

ジルベルトの友人。魔術師などを
輩出する特殊な家柄の令息。

アリーシャ・メイベル(学生)

婚約破棄前のアリーシャ。
あるときから不思議な夢を
見るようになり?

ライアン・ケルディ

運動が得意なクラスメイト。
コーデリアに好意を寄せている。

プロローグ

「すみません、アリーシャ。あなたとの婚約《こんやく》を破棄《はき》させてください」

王都ラーナクアにあるメイベル家のタウンハウスで、わたくしは婚約者だったジル様……ジルベルト・バートル様に婚約破棄を言《い》い渡《わた》された。

最初、何を言われたのか理解できなかった。パチパチとまばたきを繰《く》り返《かえ》すこと数秒、ようやく言葉の意味を理解したわたくしは、「え？」と聞き返すことしかできなかった。

（婚約破棄……？　今、婚約破棄って言いました⁉）

何かの冗談《じょうだん》かと思ったけれど、両脇《りょうわき》に座る両親もテーブルを挟《はさ》んで向かいに座るジル様も彼のご両親もとても真剣《しんけん》で冗談を言っているようには見えなかった。

くらりと眩暈《めまい》を覚えてよろけたところを隣《となり》に座るお母様に支えてもらい、両親の計らいでこれ以上ショッキングな話を聞かせられないと、わたくしは話し合いの場から退席させられることになった。

お母様と使用人に支えられながら部屋を出ようとしたわたくしは、どうしても納得《なっとく》できずに振《ふ》り返った。

「あの……ジル様、どうして……？」

やっとのことで婚約破棄の理由を尋《たず》ねたけれど、ジル様は顔を顰《しか》めるばかりで明確な理由を口にすることはなかった。すっとそらされた青い目がこちらを見ることはなく、嫌悪《けんお》感《かん》に満ちた表情がひどく印象的だった。

その後、両親に婚約破棄の理由を尋ねても「あんな最低な男のことは忘れなさい」と詳《くわ》しいことは教えてもらえず、友人づてにジル様が学園で同じクラスだったコーデリア・パッカー様と婚約したことを知ったわたくしは、彼に裏切られたのだと悟《さと》った。

もともとわたくしとジル様の婚約は家同士が決めた政略的なもので、そこにお互《たが》い恋愛《れんあい》感情はなかった。伯爵《はくしゃく》家同士でつり合いも取れていたし、製紙業を主にするバートル家にとって、広大な山を有するメイベル家は繋《つな》がりをもつには都合がよかったのだろう。

貴族の結婚《けっこん》なんてそういった家の都合で決められるものであって、恋愛結婚できる人なんて一握《ひとにぎ》りだ。わたくしだって家のために嫁《とつ》ぐ覚悟《かくご》はできていた。そうは言っても、せっかく結婚するのだから相手のことを好きになりたいと思っていたし、相手の方にも好きになってもらいたいと思っていた。

だから、わたくし頑張《がんば》りましたのよ？

ジル様は整った顔立ちをしていて女性にもとても人気のある方だったので、彼の隣に並んでも恥《は》ずかしくないようにと、苦手だったお裁縫《さいほう》を練習したり、苦手な科目をお勉強したり、陰《かげ》でこっそり頑張った。

つい先日に学園も無事卒業できて、半年後には結婚式《けっこんしき》を挙げる予定だった。けれど、努力は真実の愛にはかなわなかったらしい。

ジル様はわたくしではなく、コーデリア様を選んだのだから。

いつからわたくしは裏切られていたのかしら。

思えば、ジル様はわたくしとあまり目も合わせてくださらなかったし、一緒《いっしょ》にどこかへ出かけたことも数えるほどしかなかった。

結局のところ、ジル様にとってわたくしはただの政略結婚の相手でしかなかったわけだ。

学園で過ごしたジル様との思い出が浮《う》かんでは消えていく。

初めて会った日のこと、婚約を申し込まれた日のこと、初めて一緒にお出かけした日のこと、全部覚えているくらい、いつの間にかジル様のことが好きになっていた。

でも、好きになったのはわたくしだけで、彼はわたくしのことなんてなんとも思っていなかった。そう思ったら、溢《あふ》れた涙《なみだ》が止まらなくなった。

裏切られたことが、そしてそれを見抜けなかった自分自身《みぬ》が悲しくて悔《くや》しかった。

思った以上にショックを受けていたわたくしは、両親に連れられて王都から領地に戻《もど》り引きこもることになった。

婚約破棄されて一年ぶりの夜会。

ショックで塞《ふさ》ぎこんでいたわたくしもこのままではいけないと、王都で開かれる夜会に参加することになった。

弟にエスコートされて大広間に移動したわたくしは、煌《きら》びやかな会場をぐるりと見回して会いたくない人を見つけてしまった。

わたくしの元婚約者だったジル様とその婚約者……いえ、もうご結婚されていたのでした。彼の奥様のコーデリア様。

黒のフロックコートに身を包んだジル様は、一年前にお会いした時より大人っぽく見えた。その隣に並ぶコーデリア様も栗色《くりいろ》の髪《かみ》を綺麗《きれい》に結《ゆ》い上《あ》げ、上品なワインレッドのマーメイドドレスを着こなしていて、学生時代よりも垢抜《あかぬ》けて美しさに磨《みが》きがかかっていた。

本来ならあそこに立っていたのはわたくしだったはずなのに――そう思ったらズキンと胸が痛んだ。

一年経《た》って心の傷も癒《い》えたかと思っていたけれど、そうではなかったらしい。

あちらに気づかれる前に場所を移動しようとした時、ジル様と目が合ったような気がした。けれどそれも一瞬《いっしゅん》のこと。わたくしはそのまま踵《きびす》を返して、人混みに紛《まぎ》れるようにして壁際《かべぎわ》に移動した。

窓ガラスに映りこんだ自分の姿に目を向ける。腰《こし》まである銀の髪をハーフアップにして藍色《あいいろ》のドレスを着た自分の姿は一年前よりも痩《や》せこけていて、それがいっそうみじめさに拍車《はくしゃ》をかけた。

広いようで狭《せま》い貴族社会。わたくしが婚約破棄されたことはすでに知れ渡っていて、周囲はまるで腫《は》れ物《もの》に触《さわ》るように接してくる。その空気に堪《た》えかねて外の空気を吸いに行こうとしたわたくしは、カツカツと駆《か》け寄《よ》ってくるヒールの音に気がついて振り返った。

次の瞬間、ドンッと体に衝撃《しょうげき》が走った。

「あなたさえいなければ……！」

よろけた足が階段を踏《ふ》み外《はず》して視界が傾《かたむ》く。

しまったと思った時には、わたくしの体は階段の最上部から投げ出されていた。

キラキラと光るシャンデリア、細やかな彫刻《ちょうこく》の刻まれた天井《てんじょう》、そしてコーデリア様の歪《ゆが》んだ笑顔《えがお》──すべてが驚《おどろ》くほどゆっくりに見えた。

完全に不意打ちだった。受け身を取る間もなく後頭部を打ちつけ、階段を転がり落ちたわたくしの体は、階段の一番下まで転がってようやく止まった。

起き上がろうとしても体に力が入らない。周囲の喧騒《けんそう》がひどく遠くに感じられた。

きっと打ち所が悪かったのだろう。漠然《ばくぜん》と死を覚悟したら、頭の中に今日までのことがよみがえってきた。

どうやら死ぬ間際《まぎわ》に走馬灯が流れるというのは本当らしい。

学園を卒業したら親が決めた人と結婚して、それなりに幸せな家庭を築けたらいいと思っていた。それなのに、婚約破棄されたあげく、階段から突《つ》き落《お》とされて死ぬだなんて……わたくしの人生、散々すぎじゃありません⁉

(どうしてこんなことになってしまったの？　どこで間違《まちが》えてしまったの？)

考えても答えは出てくるはずもなく、こみ上げた涙で視界が滲《にじ》んだ。

(ああ、だめ……もう考えがまとまらない)

何もかもが遠くに聞こえる。ゆっくりと目を閉じて意識を手放そうとした瞬間、遠くで誰《だれ》かの慟哭《どうこく》が聞こえた気がした。

そうして、わたくしアリーシャ・メイベルは十八歳で生涯《しょうがい》を終えた……はずだった。

1章　目覚めたのは元婚約者の体の中!?

一体どれほどの時間が経《た》ったのか、暗く何もない世界を漂《ただよ》っていたわたくしは、ふと何かに引っぱられるような感覚を覚えて目を覚ました。

初めて見る天井《てんじょう》に目を瞬《またた》く。

『ここは……？　——え!?』

自分自身の呟《つぶや》きに驚《おどろ》いた。発した声は自分のものとは思えないほど低く、まるで男の人の声のようだった。思わず喉《のど》に手を当てると、ありえないでっぱりに触《ふ》れた。

『!?』

驚いて飛び起きると、いつもより体が軽い気がした。

不思議に思いながら体を見下ろして、言葉を失った。豊満とまではいかないまでも、あったはずのほどよい胸のふくらみがなくなっていたのだ。よく見れば、着ているのはいつものネグリジェではなく、上品な肌触《はだざわ》りの男性用の寝衣《しんい》だった。

恐《おそ》る恐る真っ平らな胸に手を当ててみる。見た目通りの絶壁《ぜっぺき》で、柔《やわ》らかみのない固い胸《むな》板《いた》。

（一体何が起こっていますの⁉）

ベッドから抜《ぬ》け出《だ》して全身が見える鏡の前に立ったわたくしは、鏡の中に映った自分の姿を見て硬直《こうちょく》した。

金髪《きんぱつ》に青い目の整った顔立ちの青年――そこにいたのは、わたくしの元婚約者《こんやくしゃ》のジルベルト様だった。

鏡に近づいていろんな角度から見てみてもジル様。

前髪《まえがみ》をかき上げてまじまじと見てみてもジル様。

両頰《りょうほお》を強めにつまんで伸《の》ばしてみてもジル様。

つまんだところが痛くない。ということは、やっぱり夢……？

確認《かくにん》のためにもうちょっと強くつねってみる。

「イタタタタ！」

勝手に口が動いたと思ったら、いきなり体の自由が利《き》かなくなった。続けてわたくしの意思に反して言葉が続く。

「うわっ！　え……なんで僕こんなところに――」

『ええ⁉　どうして口が勝手に⁉』

わたくしが疑問を口にすると沈黙《ちんもく》が流れた。

お互《たが》い押し黙ること数秒。

「は⁉」

『え⁉』

どちらからともなく素《す》っ頓狂《とんきょう》な声が上がった。ただし、どちらもジル様の声だ。

――もしかしてわたくし、幽霊になったの……？

鏡の中のジル様は驚愕《きょうがく》した表情のまま見事に固まっていた。そのままぎこちない動きで口元に手を当てて黙《だま》り込んでしまったジル様に、おもむろに声をかけてみる。

『あの……ジル、さま……？』

「…………」

困惑《こんわく》しているのか、ジル様の視線が左右に揺《ゆ》れた。

ジル様は無言のまま口元を覆《おお》っていた手を目元に持っていき、深くため息をついた。ついでに反対側の手で左頬がつねられる。先ほどと同じで痛みはない。

「イタタ……夢じゃないし――一体何が……ハッ、まさか何か変なものに取り憑《つ》かれてしまったとでも――」

『変なものって……仮にも婚約関係にあった者に対してずいぶんな言い方ですわね』

不躾《ぶしつけ》な物言いに、思わず厭味《いやみ》ったらしく言い返してしまった。

どうもそれがいけなかったらしい。わたくしの言葉に、ジル様が不快だといわんばかりに眉間《みけん》にしわを寄せた。

「ずいぶんもなにも、あなたと婚約した覚えはないのですが……どなたかと勘違《かんちが》いされているのではありませんか？」

『はぁ⁉』

（一方的に婚約破棄《こんやくはき》したあげく、コーデリア様と結婚《けっこん》しておきながら何を言っていますの⁉）

あんまりな言いように抗議《こうぎ》しようとして、ふと鏡に映る彼の顔に違和感《いわかん》を覚えた。

何かしら？　と違和感の正体を確かめるべく記憶《きおく》を辿《たど》って、最後に見たジル様よりもいくらか若く見えることに気がついた。

『……あの、つかぬことをお伺《うかが》いしますが、いまお歳《とし》はいくつですか？』

「十七ですが？」

『十七⁉』

淀《よど》みなく返ってきた答えに耳を疑った。

おかしい。歳が合わない。いえ、そもそもこの状況《じょうきょう》自体が十分におかしいのだけれど。

あの日——コーデリア様に階段から突《つ》き落《お》とされて死んだ時、わたくしは十八歳だった。

それなのに、わたくしより誕生日の早かったジル様は十七歳だと答えた。

（……時間が、巻《ま》き戻《もど》ってる？）

訝《いぶか》しみながらもう一度確認してみる。

『本当に、本当に十七歳なんですか？』

「嘘《うそ》をついてどうするんですか」

『で、ですわよね』

平静を装《よそお》ったものの、内心それどころではない。

(やっぱり時間が巻き戻ってる⁉)

自分が立てた仮説を否定したいのに、机の上に飾《かざ》られた一年半前のカレンダーが無情にも現実をつきつけてくる。

嫌《いや》な音を立てて早鐘《はやがね》を打つ心臓はわたくしのものか、ジル様のものか――そんなことを考えていると、トントンとドアをノックする音が響《ひび》いた。

「おはようございます、ジルベルト様」

落ち着いたトーンの男の人の声が呼びかけてくる。ジル様は小さく「チャーリーか」と呟きをもらすと、声のボリュームを抑《おさ》えてわたくしに訴《うった》えてきた。

「見つかると厄介《やっかい》です。そうなる前に早く僕の体から出ていっていただけませんか？」

言葉遣《ことばづか》いは丁寧《ていねい》だけど、カチンとくる言い方にムッとなる。

言われなくたって、こっちだって自分を裏切って婚約破棄してきた相手と一緒《いっしょ》にいるなんてまっぴら御免《ごめん》というものだ。

わたくしはジル様の体を出ようとして……出ようとして――。

（え、ちょっと待って。これ、どうやったら出られますの⁉）

どういうわけか手も足も動かない。動かそうと思って動かせるのは口だけだということに気づいて、サーッと血の気が引いていく。

『…………』

「どうしました？」

急にしゃべらなくなったせいか、鏡に映るジル様から訝しむような視線を向けられる。

でも、正直そんな不躾な視線も気にならないほどわたくしは焦《あせ》っていた。

（どうしよう……一体どうしたら出られますの⁉）

『………あの』

吐《は》き出した声が震《ふる》えた。はくはくと口を動かしてようやく言葉を続ける。

『わたくしも一刻も早く出ていきたいのですが……』

「ですが？」

『これ、どうしたら出られますの……？』

「…………は⁉　ちょ、ちょっと待ってください！　それって、出ていけないってことですか⁉」

『………』

沈黙をもって肯定《こうてい》すると、ジル様は髪《かみ》をわしゃわしゃとかき乱しながら狼狽《うろた》えた声を上げた。

「そんな！　困ります！」

『わたくしだって困りますわ！』

「というか、大体あなた何なんですか！　勝手に人の体に取り憑いてきて！」

『なっ……！　わたくしだって好きでこんなことになっているわけではありません！　というか、本当にわたくしのことがわかりませんの!?　わたくしはアリ――』

アリーシャですと言いかけた時、バンッとドアが開いて、モップを槍《やり》のように構えた男性が部屋に飛び込んできた。白髪《しらが》交じりの黒髪《くろかみ》をオールバックにした初老の男性には見覚えがあった。

たしか、バートル家の執事《しつじ》のチャーリーさんだ。

「ジルベルト様！　ご無事ですか!?」

そう言ってチャーリーさんは部屋の主であるジル様のもとに駆《か》け寄《よ》ると、部屋の中をぐるりと見回した。どうやらジル様の言い争うような声が部屋の外までもれていたようで、心配したチャーリーさんが得物《えもの》片手に加勢しに来てくれたらしい。けれどジル様以外いるはずもなく、鏡の前で一人佇《たたず》むジル様を見て怪訝《けげん》な顔をした。

「賊《ぞく》はどちらでございますか？」

部屋のどこかにひそんでいるかもしれない賊に警戒《けいかい》しながら、チャーリーさんが話しかけてくる。

（賊……賊って、わたくしのこと⁉）

「いや、賊ではなく――」

『賊だなんて、あんまりですわ！』

ジル様の言葉を遮《さえぎ》って抗議した瞬間《しゅんかん》、素早《すばや》い動きで口元を塞《ふさ》がれる。しかし時すでに遅《おそ》く、ジル様から発せられた女性のような語尾《ごび》をチャーリーさんに拾われてしまっていた。

ぱちりと目を瞬《まばた》いたチャーリーさんが聞き返してくる。

「ですわ……？」

ジル様は口元に当てた手で顔半分を覆うと、諦《あきら》めたように深いため息をついた。

当初は隠《かく》し通すつもりだったジル様もこうなっては仕方がないと、チャーリーさんにありのままを話すことにしたようだ。

「にわかには信じがたい話だけど、朝起きたら女性の幽霊《ゆうれい》に取り憑かれていて……」

『ですから、わたくしも好きで取り憑いたわけではないと言っているではありませんか』

ジル様から【わたくし】という一人称《いちにんしょう》が飛び出したのを聞いて、チャーリーさんが驚愕の表情を浮《う》かべる。

「なんとおいたわしい！　ジルベルト様、すぐにお助けいたします！」

チャーリーさんはそう言うやいなや部屋を飛び出していくと、小脇《こわき》に壺《つぼ》を抱《かか》えて戻ってきた。そして勢いのまま壺の蓋《ふた》を外して、中に入っていた白い粉をジル様に向かって投げつけてきた。

「ジルベルト様の中にいる悪霊《あくりょう》め！　今すぐジルベルト様の中から出ていきなさい！」

「うわっ！」

『キャッ！』

「ちょっ……落ち着い……ゲホッ！」

落ち着いてと言おうとした拍子《ひょうし》に白い粉がもろに口の中に入ってしまい、あまりのしょっぱさにジル様がむせた。体を共有するわたくしも強烈《きょうれつ》な塩味に目を白黒させる。

身を清めるには塩がいいとは聞いたことがあるけれど、こんなの幽霊じゃなくてもびっくりして体から出ていきたくなると思った。

ジル様は一心不乱に塩を撒《ま》き散《ち》らすチャーリーさんに詰《つ》め寄ると、その腕《うで》を掴《つか》んで塩の入った壺を取り上げた。

「チャーリー！」

「はっ！」

ジル様の声に、チャーリーさんが我に返ったように動きを止めて姿勢を正した。

自分より取り乱している人がいると自分がしっかりしなければと思うものらしい。かくいうわたくしも塩を撒き散らすチャーリーさんを見ていたら、不思議と冷静にならなきゃと思えるようになっていた。

一拍《いっぱく》置いて、塩まみれになったジル様を見たチャーリーさんの顔色がみるみるうちに青くなっていく。

「も、申し訳ございません！　私としたことが取り乱しました……とりあえず急ぎ旦那《だんな》様にお知らせしなくては……！」

ずれた眼鏡をくいっと上げて踵《きびす》を返《かえ》そうとしたチャーリーさんを、ジル様が止める。

「いや。父にはまだ黙っておこう」

「しかし……」

「バートル家の次期当主が幽霊に取り憑かれたなんて世間に知られたら、家の沽券《こけん》に関わることになる。そうなる前に秘密裏《ひみつり》になんとかしないと……」

不本意だといわんばかりに、ジル様の眉間にぐっとしわが寄せられる。どうやらジル様は領地で離《はな》れて暮らすご両親には隠しておくつもりらしい。

ゴシップ好きな貴族のことだ、あることないこと脚色《きゃくしょく》されて面白《おもしろ》おかしく言いふらされるに違《ちが》いない。そうなったら家の評価は地に落ちてしまうだろう。どこで情報がもれるかわからない以上、秘密を共有する人数は最小限にとどめておいたほうがいいというジル様の判断は正しいように思えた。

わたくしとしても、婚約破棄された相手の中から出られなくなったなんて知られたら、メイベル家末代までの恥《はじ》である。秘密裏に何とかしたいのはジル様と同じだった。

ただこの三人でどうにかできるものなのかは甚《はなは》だ疑問なのだけれど。

『あの……お塩でもどうにもならなかったものを、わたくしたちだけでどうにかできるとは思えないのですが……』

正直な気持ちを吐露《とろ》すると、ジル様は今後の方針について教えてくれた。

「それについてですが、僕の友人にこういった事象に詳《くわ》しい方がいましてね。彼なら秘密裏にどうにかしてくれるかもしれません」

「ああ、ブライト様でございますね。なるほど、あの方でしたらジルベルト様のよき相談相手になってくださることでしょう」

チャーリーさんが思い当たる人物の名前を挙げて納得《なっとく》したように頷《うなず》いた。その名前を聞いたわたくしも、なるほどと思った。

ジル様のお友達であるブライト・レイ様は特殊《とくしゅ》な家柄《いえがら》の生まれで、一族そろって何かしらの特殊能力を有している。血筋的にも占《うらな》い師《し》や退魔師《たいまし》を輩出《はいしゅつ》しているので、心霊《しんれい》や憑依《ひょうい》などといった現象にも詳しいのではないかというのがジル様の見立てだ。

「さて、動くなら早いほうがいいでしょう。今日はこのまま学園に向かいます。チャーリー、馬車の準備を」

ジル様の指示を受けて、チャーリーさんが「かしこまりました」と部屋を出ていく。

学園という懐《なつ》かしい響きに、本当に今が一年半前なのだと実感していると、ジル様が踵を返して鏡の前に立った。おもむろに持ち上げられた手が襟元《えりもと》のボタンを外しにかかる。

『えっ⁉　あの！　何を⁉　何をなさっていますの⁉』

「何って着替《きが》えですが？」

いきなりのことにびっくりして声を上げると、ジル様はきょとんとしてもう一つ胸元《むなもと》のボタンを外した。はらりと前がはだけて素肌《すはだ》が露出《ろしゅつ》する。それを鏡越《ご》しに見てしまい、狼狽えた声を上げてしまう。

『お、お待ちください！』

「今度はなんです⁉」

『女性の前で服を着替えるなんて、は、は、破廉恥《はれんち》です！』

破廉恥と言われて、ジル様があらわになった胸元を隠すように襟元を合わせてぎゅっと握《にぎ》りしめた。

「破廉恥って……そもそもこれは僕の体なのですが……」

『わかっています！　わかっていますけど……！』

一つの体を共有しているのだから、着替えだって避《さ》けて通れないのはわかっている。けれど、だからって納得しているかといえば別問題だ。

見せられるこちらの身にもなってほしいと訴えると、ジル様から呆《あき》れたような声が返ってきた。

「では、僕にこのままで出かけろとおっしゃるのですか？」

『う……』

さすがに寝衣のまま出かけろというのは酷《こく》な話だ。無茶なことを言っている自覚はあったけれど、恥《は》ずかしいものは恥ずかしい。言い淀んで口をパクパクさせていると、ジル様はくるりと体を反転させて鏡に背を向けた。

「極力目に触れないようにします。これ以上はどうにもできないので我慢《がまん》してください」

そう言って着替えを再開させる。どうやら鏡に映らないように配慮《はいりょ》してくれたらしい。

とはいえ、ジル様と視界を共有しているせいで完全に見ないというのは無理だった。

ほどよく筋肉のついた体が視界に入ってきて顔を覆いたくなったけれど、あいにく手は自由に動かない。

結果、わたくしは羞恥《しゅうち》に耐《た》えながらジル様のお着替えを見守ることになった。


学園へと向かう馬車の中は重苦しい空気が漂っていた。

静かな分、ガラガラと車輪の音がやけに大きく聞こえる。腕を組んだままのジル様は苛《いら》立《だ》ちを隠すことなく小さく息を吐いた。

もの言いたげなため息に、わたくしは思わず口を開いた。

『何か思うところがあるのでしたら、言ったらいいじゃないですか』

「…………あなたのせいで遅《おく》れてしまったではありませんか」

『まぁ！　わたくしのせいだとおっしゃいますの⁉』

家を出る時間が遅くなってしまったのはわたくしのせいだと言われてムッとして抗議すると、ジル様からも非難の言葉が返された。

「あなたが何度も狼狽えるから着替えに手間取ったんじゃないですか！」

『しょうがないでしょう⁉　男の人の裸《はだか》なんて見るの初めてだったんですもの！』

「僕だって女性に見られながら着替えるのは初めてでした！」

『…………』

「…………」

『…………』

「…………不毛な言い合いはやめましょう」

ジル様がため息をついて窓の外に目を向けた。お互いにそれ以上口を開くことはなく、馬車の中に沈黙が流れる。

小窓に映りこんだジル様の整った顔を眺《なが》めながら、改めて自分がジル様の中にいることを思い知らされる。

（それにしても、どうしてこんなおかしなことになってしまったのかしら？）

この機会に状況を整理してみる。

今のところわかっているのは、死ぬ一年半前に時を遡《さかのぼ》っていることと、なぜだかジル様の体の中から出られなくなっているということくらいしかない。しかも、わたくしには体を動かす権利はないらしく、自由に動かせるのは口だけというものすごく不便な状況だ。

生前読んだ本によると、このように死んで時を遡る現象を【逆行】というらしいのだけれど、わたくしのように自分ではない誰《だれ》かの中に蘇《よみがえ》る話なんて未《いま》だかつて読んだことがない。しかも、よりにもよって婚約破棄してきた相手の中とか最悪にもほどがある。

(これ、絶対戻ってくる体を間違《まちが》えてしまったやつですわ……)

もともとうっかりしているところがあったとはいえ、こんなところで発揮しなくたっていいのにと自己嫌悪《けんお》に陥《おちい》る。

そんなことを考えていると、ジル様の口が「さっき」と動いた。

「チャーリーが部屋に来る前に、何か言いかけていましたよね？」

『え？』

「『わたくしは』って」

『あー……それでしたら、わたくしはアリ』

そういえば名前を言いかけたままだったと、言いそびれてしまっていた名前の続きを言おうとして——開きかけた口を閉じた。

これだけお話ししていても、ジル様はわたくしのことがわかりませんのね。何を言ってもジル様の声になってしまうから仕方がないとはいえ、婚約者だったわたくしのことに気づきもしないなんて。

その証拠《しょうこ》に、わたくしがアリーシャだと暗に示していた【婚約関係にあった者】という言葉も勘違いではないかと一蹴《いっしゅう》されてしまっている。

――すみません、アリーシャ。あなたとの婚約を破棄《はき》させてください――

今でも耳に残っているあの言葉を知っているのはわたくしだけなのかと思ったら、なにやら悲しいを通り越《こ》して腹立たしい気分になってきた。

もとはと言えば、ジル様が婚約破棄なんてするから、コーデリア様に階段から突き落とされてこんなことになったのに。おまけに逆行先を間違えて、ジル様の中から出られなくなってしまっただなんて……こんなの情けなさすぎてジル様に知られたくない。

ここにきて名前を知られたくないと思ってしまったわたくしは、ジル様に「アリ？」と聞き返されて、『アリ』から続く名前を模索《もさく》した。

『アリ……アリ……アリ――アリし日の名前なんて忘れてしまいましたわ！　ですから、わたくしが何者かなんて聞いても無駄《むだ》でしてよ』

とっさに別の名前なんて出てこなくて、苦しまぎれに名前を忘れてしまったことにする。

体がない今の状態では、わたくしがアリーシャだと証明する手立てなんてありはしない。

バレるはずはないと高をくくって、ついでに何者かについても詮索《せんさく》しないでほしいと牽制《けんせい》をかければ、ジル様はなぜだか可哀想《かわいそう》なものを見るような目を小窓に映る自分に向けた。

『どうしてそんな残念な子を見るような目で見ますの⁉』

「いえ……記憶喪失《きおくそうしつ》なわりにずいぶんと元気な幽霊だなと思いまして。本当に覚えていないのですか？」

『なっ……わたくしが嘘をついているとでも⁉』

内心ギクリとしながら反論すると、「そうではありませんけど」と歯切れが悪そうに返された。

これ以上はボロが出そうだと話をそらそうとしたところで、馬車が止まった。

馬車を降りたわたくしは、学園を前に懐かしさを覚えた。授業が始まるにはまだ余裕《よゆう》があることもあって、正門から校舎に続く並木道にはぱらぱらと生徒が歩いていた。

ジル様は教室へと向かわず、特別棟《とう》のほうへ歩みを進めていく。

どこへ向かっているのかしらと思っていると、図書室の前で歩みが止まった。重厚《じゅうこう》なドアが開くと古い本の匂《にお》いがした。ジル様は迷うことなく閲覧《えつらん》スペースの奥へと歩いていくと、一番奥のテーブルに黒髪の男子生徒を見つけて声をかけた。

「おはようございます、ブライト。ちょっと他言無用で相談にのっていただきたいのですが、今いいですか？」

「おはよう、ジルベルト。珍《めずら》しいね、君が僕に相談なん――…」

年齢《ねんれい》よりも小柄《こがら》な体格のブライト様は、ジル様に声をかけられて読んでいた本から顔を上げ――その顔を見るやいなや黒曜石のような目を大きく見開いた。

「ジルベルト、その中の人どうしたの……⁉」

目の下にくっきり浮いた隈《くま》も相まって、おばけでも見たような表情をしたブライト様は、あからさまに顔を引きつらせて【中の人】と言った。

「わかるのですか⁉」

『わたくしのことがわかりますの⁉』

ジル様と順番に聞き返すと、ブライト様は驚いたように目を見開いたまま固まってしまった。ややあって、まばたきと共にブライト様がゆるりと首を横に振《ふ》った。

「いや、僕にわかるのはジルベルトに二人分のオーラが重なって見えるってことだけだよ」

――二人分のオーラが重なって見える――

そういえば、ブライト様は人のオーラを見る能力があると以前言っていましたっけ。

ジル様の中にいるわたくしの存在に気づいたのもその能力のおかげらしい。オーラが二つ重なっている状態というのは、幽霊に取り憑かれた人によく見られる現象だと教えてくれた。

ジル様はそれなら話は早いと、ブライト様の隣《となり》の席に座って本題を口にした。

「取り憑いた幽霊に出ていってもらう方法も知っていますか⁉」

「そりゃ、うちの蔵書を調べれば方法くらいは見つかると思うけど……」

「でしたらお願いします、力をかしてください！　こんなことが世間に知《し》れ渡《わた》ったらバートル家は終わりです」

ジル様は額に手を当てて嘆《なげ》いた。ブライト様はそんなジル様の顔をじーっと見つめて、質問を変えた。

「……本音は？」

「………もし世間に知れ渡ったら、アリーシャや彼女のご両親になんて思われるか……婚約が白紙になったら目も当てられません」

屋敷《やしき》で聞いたものとは異なる理由を聞いたわたくしは、本音だというジル様の言葉にカッとなった。

『白紙になったら目も当てられないだなんて……そんなことが言えるのでしたら、どうして婚約破棄なんてなさいましたの⁉』

ジル様もブライト様も唐突《とうとつ》なわたくしの発言にびっくりしているようだ。ジル様の表情はわからないけれど、ブライト様の表情からもそれが伝わってくる。一拍置いてからジル様が反論してくる。

「婚約破棄なんかしてません！　先ほども言いましたが、あなた僕をどなたかと勘違いしてらっしゃるのではないですか⁉　僕は今まで一度も婚約破棄なんてしたことはありませんけど！」

『でしたら、あなたに婚約破棄されたわたくしは何だというのですか⁉』

「だから！　その相手は僕じゃないと言っているではありませんか！」

『いいえ、あなたです！　この、裏切り者！』

「僕じゃありませんってば！　大体あなた自分の名前も忘れてしまっているくらい記憶があやふやなのでしょう⁉」

『うぐっ……！』

ここでそれを持ち出されるとは思わなかった。まさか名乗らなかったことが裏目に出るなんて……。

わたくしが言い淀んだ隙《すき》をついて、ブライト様がわたくしたちの間に割り込んでくる。

「まぁまぁ、二人とも落ち着きなよ」

『これが落ち着いていられるとでも⁉』

ジル様とわたくしの発言が見事に被《かぶ》った。ブライト様はびっくりしたような顔をして目を瞬くと、ククッと笑った。

「君たち息ぴったりだね。まぁ、なんとなく事情はわかってきたよ。その上でいろいろと

つっこみたいところはあるけど、僕的にはジルベルトがアリーシャ嬢《じょう》との婚約を破棄した

だなんて、よほどのことがない限り考えられないかな」

『…………』

（ブライト様もジル様の肩《かた》を持ちますのね）

悔《くや》しさのあまり黙り込んでいると、ブライト様にポンと肩を叩《たた》かれた。

「とりあえず何とかできないか僕のほうでも調べてみるから、ジルベルトたちは周りに不《ふ》審《しん》に思われないように大人しくしてて。あんまり目立つと、レイ家《うち》の退魔師を呼ばれて大々的に除霊《じょれい》するなんて事態になりかねないからね」

柔らかい口調なのにどこか有無《うむ》を言わせぬものを感じて、わたくしは怯《ひる》みながらもブライト様の忠告に頷き返すしかなかった。

一時間目の開始が迫っていたこともあり、教室に移動することになった。

本の片付けをしてから追いかけるというブライト様を図書室に残して、ジル様と廊下《ろうか》を歩く。生前よりも少し高い視界に、わたくしよりも速い歩行――ジル様と一緒に歩いていたときは意識したことがなかったけれど、ジル様はわたくしの歩調に合わせてゆっくり歩いてくれていたのだとわかった。今になって気づいた彼の気遣《きづか》いに心の中が温かくなる。

教室に近づくにつれて廊下を行きかう人が増えてくる。この朝の雰囲気《ふんいき》、懐かしいです

わ。ジル様の視界を通して生きていた頃《ころ》のことを思い出していると、不意に「ジルベルト様！」と背後から声がかけられた。その瞬間、冷や水を浴びせられたような感覚に陥った。聞き覚えのある少女の声に体が強張《こわば》る。駆け寄ってきたその人物を正面から見た瞬間、わたくしの体をゾワッとしたものが駆け抜けた。体が自由に動いていたら反射的に逃《に》げ出していたかもしれない。

（コーデリア様……できればもう二度とお会いしたくはありませんでしたわ）

背中の中ほどまであるふんわりした栗色《くりいろ》の髪をしたコーデリア様は、ジル様のそばまで駆け寄ってくると、制服のスカートの裾《すそ》をつまんで綺麗《きれい》なカーテシーを披露《ひろう》してみせた。

「おはようございます！　今日はいつもより遅いのですね」

「おはようございます、コーデリア嬢。ちょっと……いろいろありまして」

ジル様がぼやかして伝えると、コーデリア様はすっと手を伸ばしてきてジル様の髪に触れた。

「ふふっ、御髪《おぐし》が乱れてます」

乱れた髪を手櫛《てぐし》で整えたコーデリア様は、ジル様との距離《きょり》を縮めて声をひそめた。

「ところで来週のダンスの授業ですけど、ペアの相手はもうお決まりですか？」

手を前にしてもじもじと指をいじりながら、くりっとした大きな茶色の目が上目遣《うわめづか》いで見つめてくる。異性じゃなくてもとても可愛《かわい》らしく見える仕草だ。ジル様だってときめかないはずがない。

（………ずいぶん親密そうではありませんか）

心の中にドロドロと黒い感情が湧《わ》き上《あ》がってくる。

『なるほど……今までもこうやって二人でこそこそしていましたのね？』

「え？」

忠告も忘れて絞《しぼ》り出した声に、コーデリア様がきょとんとした。ほぼ同時にジル様の手がばっと口元を覆った。

『ふご……！』

ぐぐっと口に力が込《こ》められる。その力の入れようからは、大人しくしててと言われていたでしょう⁉　というジル様の心の声が聞こえてくるようだった。どちらが先にしゃべるか口の動きがせめぎ合う。その異様な空気を察したのか、コーデリア様が「ジルベルト様……？」と怪訝な視線を向けてくる。

その時、よく通る声がジル様の名前を呼んだ。

「ジル様！」

聞き覚えのある――いや、聞き覚えのありすぎる声にギクリとした。ジル様が声の方向を振り返ると、思った通りわたくしがいた。

腰《こし》のあたりまで伸ばした銀髪《ぎんぱつ》をハーフアップにした一年半前のわたくしが、深い青色の目を嬉《うれ》しそうに細めてこちらに向かって歩いてくる。コーデリア様は「……それではまた教室で」と言うと、わたくしと入《い》れ替《か》わるようにジル様の脇《わき》を通《とお》り抜けていった。

生きている自分がいるかもしれないとは思っていたけれど、実際に本人を前にすると不思議な感覚で、息をのんだまま動けなくなってしまった。

一方、わたくしとは対照的にジル様の頬が緩《ゆる》んだ。

「おはようございます、アリーシャ」

「おはようございます。今日は珍しく遅いのですね」

アリーシャと名前を呼ばれた生前のわたくしがにこやかに挨拶《あいさつ》を交《か》わして、並んで廊下を歩き出す。ジル様がいつもより登校が遅い理由を口にする。

「ええ、さっきまで図書室にいたので」

「何かお探しの本でもありましたの？」

「いえ、ブライトに少し用があって……」

「まぁ、そうでしたのね」

「ええ」

自然と会話が途《と》切《ぎ》れる。

ジル様が隣を歩く生前のわたくし——アリーシャをこっそり盗《ぬす》み見《み》る。

その視線の先で、アリーシャはジル様が見ていることにも気づかず、何か話したほうがいいかしらと視線を彷徨《さまよ》わせていた。

思えば、昔からわたくしとジル様は会話が続かないことがよくあった。

何か話さなければと思うのに、ジル様相手だとすごく緊張《きんちょう》してしまって長く話を続けられなかったんですよね。ジル様はジル様でわたくしに質問を投げかけるばかりで、こちらから聞かないとあまり自分のことを話してくれませんでしたっけ。

会話のないまま教室のドアをくぐり、それぞれの席へと分かれる。

自席に着いたジル様は机に肘《ひじ》をついて、祈《いの》るような姿勢で組んだ手に額をくっつけた。

「今日はいつもより話せた……」

安堵《あんど》したようなため息とともに呟きがもれた。口《くち》の端《はし》が上がっているのでいつもより話せて嬉しいということなのだろう。

真っ先に思い浮かんだのはコーデリア様だった。上目遣いで可愛らしくダンスに誘《さそ》われたら嬉しくもなるだろう。それはきっと会話も上手《うま》く続かないような婚約者よりも魅力《みりょく》的に見えたに違いない。わたくしは自分とコーデリア様を比較《ひかく》してため息をついた。

ジル様の中で一時間目の授業を聞き流しながら物思いに耽《ふけ》る。

時が巻き戻ったこの世界は、卒業の半年前——ちょうど夏季の長期休暇《きゅうか》が終わったあたりだった。つまり、わたくしがジル様から婚約破棄を言い渡されるのは半年後。先ほどコーデリア様がダンスの授業に誘っていたくらいですし、おそらくすでにジル様はコーデリア様と恋人《こいびと》同士になっていたと考えていいだろう。一体いつから？　と先ほどの二人のやりとりを思い返して、心の中に黒いものが広がる。わたくしという婚約者がいながら浮《うわ》気《き》をしていただなんて許せませんわ。ギリッと奥歯《おくば》を噛《か》みしめれば、わたくしがしゃべると思ったのか、ジル様の口元に力が込められた。

自由に体を動かすこともしゃべることもままならないこの状況で、わたくしはこれからどうしたらいいのかしら。途方《とほう》に暮れながら、今後の身の振り方を考えているうちに一時間目が終わった。

休み時間になったタイミングで背後から背中をつつかれる。

ジル様が振り返ると、後ろの席に座るブライト様が身を乗り出して声をひそませた。

「ジルベルト、次の授業剣術《けんじゅつ》だけど大丈夫《だいじょうぶ》なの？　医務室で休んでたほうがいいんじゃない？」

「え？　なぜ？」

剣術の授業がどうしたと言わんばかりのジル様に、ブライト様は「だから」と補足する。

「君の中のお嬢様《じょうさま》は剣《けん》なんて握ったこともないんじゃないの？　ってことだよ」

そう指摘《してき》されても、わたくしもジル様もブライト様が何を懸念《けねん》しているのかわからず、闘技《とうぎ》場に移動して授業を受けることにした。

このあと、ブライト様の懸念通り、振り下ろされる剣に恐怖《きょうふ》したわたくしが（ジル様の声で）悲鳴を上げまくってしまい、早々に医務室に撤退《てったい》する事態となった。

医務室のベッドに寝転《ねころ》がるなり、ジル様は目元を覆ってぼやいた。

「今日は厄日《やくび》です……」

『……まったくですわ』

不本意ながら、わたくしもそれに同意する。

剣って、向けられるとあんなに怖《こわ》いものでしたのね……。

ジル様はいつも簡単そうにはじき返していたから、剣なんて簡単だと思い込んでいた。

ご迷惑《めいわく》をおかけした自覚はあるので素直《すなお》に謝っておく。

『ご迷惑をおかけしてしまい、申し訳ありませんでした』

「いえ……剣を持つのが初めてなら、怖いと思っても仕方ありませんよ。僕のほうこそ初めにそのことに気づくべきでした」

あなたのせいで大変な目に遭《あ》いましたと言われるかと思っていたので、ジル様がわたくしを気遣ってくれたのが意外で毒気を抜かれてしまった。

朝から不毛な言い合いばかりしていたから失念していたけれど、ジル様はもともと気遣いのできる優《やさ》しい方でしたわね。

それを思い出してから、いやいやとジル様の中で首を振る。

どんなに優しく見えたって、この人は婚約者がいる身でありながら浮気できてしまう人なのだ。絆《ほだ》されちゃだめだと心に活を入れる。

今朝のジル様とコーデリア様のやりとりを思い出して悶々《もんもん》としていると、医務室のドアが開いて生前のわたくし――アリーシャが入ってきた。どうやらジル様が医務室で休んでいると聞いて、授業の合間に様子を見に来てくれたようだ。

「ジル様、大丈夫ですか？」

アリーシャはベッドで横になっているジル様を見つけるやいなや、駆け寄ってきて心配そうに眉尻《まゆじり》を下げた。

こんな人、心配しなくても大丈夫でしてよ。

そう言おうとしたのに、ジル様が口元に力を入れているせいで上手くしゃべることができない。そうまでしてアリーシャに変に思われたくないらしい。根負けしてしゃべるのを諦めると、ジル様が言葉少なに今日は体調が悪いのでこのまま帰ることにしたと伝えた。

それを聞いて、アリーシャはさらに心配そうな顔をした。

ジル様を気遣う様子に、この子はまだ何も知らないのねと思った。

半年後にジル様に婚約破棄されることも、浮気されていたことも、コーデリア様に階段から突き落とされて死んでしまうことも、まだ何も知らないのだ。

ただジル様の婚約者として好きになってもらおうと頑張《がんば》っていた頃のピュアなわたくし。未来であんなことに巻き込まれるなんてと、目の前の何も知らない自分が憐《あわ》れに思えた。

この時、ふとわたくしはこのために一年半時を遡ってきたのではないかと思った。

散々な死に方でしたもの。無念すぎて成仏《じょうぶつ》できなかったわたくしを憐れんだ神様がやり直すチャンスをくださったのかもしれない。

(今なら……婚約破棄される前の今なら、ジル様が浮気している証拠を摑んでアリーシャ《わたくし》から婚約破棄をつきつけることができるのではないかしら？　そうすれば、アリーシャ《わたくし》はジル様に捨てられたと傷つくことも、コーデリア様に階段から突き落とされて死ぬこともなくなるはず……！)

そうなれば、きっとわたくしの無念も晴れて成仏できるかもしれない。

こうしてジル様の体の中に蘇ってしまったのだって、コーデリア様との浮気の証拠を集めるためだって考えれば納得がいく。

(わたくし、きっとそのために戻ってきたんだわ！)

天啓《てんけい》を受けたように閃《ひらめ》いたわたくしは、この何も知らないアリーシャの未来を守るために頑張ろうと決意した。

その後、アリーシャと入れ違いでやってきたブライト様から、わたくしたちの状況について伝えられた。すぐに解決できるものじゃないことを知らされたジル様は、ブライト様から鞄《かばん》を受け取って校門に向かって歩きだした。しかし、いくらも進まないうちに不意に足が止まった。

どうしたのかしらと思って、あたりに人がいないのを確認してから尋《たず》ねてみる。

『えっと、どうかなさいましたの？』

「……すぐに解決できると思って我慢していましたが、もう限界です――トイレに行かせてください……」

呻《うめ》くように言われたのは、奇《く》しくも男子トイレの前だった。

わたくしはおトイレに行きたいとは感じていなかったけれど、ジル様はずっとトイレを我慢していたらしい。トイレのドアを開けようとするジル様を、はっとなって止める。

『待って！　お願い待って！　わたくしまだ結婚前なの！』

うら若き乙女《おとめ》なのに男子トイレに入るなんてできないと訴えると、ジル様は切羽《せっぱ》詰まったような声で反論してきた。

「僕だって、こんな状態でトイレになんか行きたくないですよ！　かといって、女子トイレに入るわけにもいかないでしょう！　他にどうすることもできないんです。目をつむって差し上げますから、どうか我慢してください！」

『ひぃやあああああ！』

わたくしは恥ずかしさと恥ずかしさと恥ずかしさに、ぎゅっと目をつむってやり過ごした。

❖ ✦ ❖ ✦ ❖

なにか大事なものを失った気がしますわ。

ショックが大きすぎてまともに頭が働かない。放心したままお屋敷へと帰ってきたわたくしを待っていたのは、さらに追い打ちをかけるようなイベントだった。

やや広めのダイニングで食事を終えたジル様は、お部屋に戻るなり明日の授業の予習を始めた。こんな時でも勉強をおろそかにしないジル様の神経はどうなっているのかしら。

わたくしなんて、未だショックから立ち直れていないのに。

放心したままジル様の勉強風景を眺めていると、不意にドアをノックする音が響いた。

「ジルベルト様、お風呂《ふろ》の準備ができました」

落ち着いた声音《こわね》はチャーリーさんのものだった。

ジル様は「わかりました」と開いていた教科書を閉じると部屋を出た。

階段を下りて一階にある脱衣所《だついじょ》に来たところで、わたくしはようやく自分がどこに向かっているのかに気がついた。

（お風呂⁉）

初めて足を踏《ふ》み入れるお部屋だけれど雰囲気で脱衣所だとわかる。ということは、あの奥に見える扉《とびら》の向こうはお風呂ということになる。

『あああのっ！』

狼狽えた声で制止すると、ジル様は動きを止めて、言われるのがわかっていたかのようにため息をついた。

「あなたが言いたいことは予想がつきます。大方、裸を見たくないからお風呂に入らないでほしいとでも言うのでしょう？」

『う……はい……』

「さすがに入らないというのは無理です。ですので、これでどうですか？」

そう言って、ジル様はやや幅《はば》のある布を取り出して目に巻きつけた。視界を遮られて、明るいか暗いかくらいしか判別できなくなる。

「これでしたら、あなたも見えないでしょう？」

ジル様の言う通り、確かにこれならうっかり見てしまう心配はなさそうですけど……目《め》隠《かく》ししたままで、まともにお風呂なんて入れるのかしら？

やや不安に思いはしたものの、せっかくのジル様の厚意に水をさすのも悪いと思って、『目隠ししてくださるなら』と見守ることにした。

この後、ジル様はわたくしが心配した通り至る所にぶつかりまくった。お風呂へ続くドアに額をぶつけ、浴槽《よくそう》に膝《ひざ》をぶつけ、あげくの果てに段差に躓《つまず》いて転んだ。その拍子に目を覆っていた布が外れてしまい、ジル様の裸が視界に飛び込んできた。

『きゃあああああっ！』

浴室にわたくしの悲鳴（ただしジル様の声）が響き渡る。あまりの衝撃《しょうげき》に羞恥心《しゅうちしん》が限界を超《こ》えてしまい、わたくしはその場で意識を手放したのだった。

✤✦✤✦✤

深夜。

わたくしは薄暗《うすぐら》いベッドの中で目を覚ました。

薄明かりに照らされてぼんやりと映し出された天井の模様には見覚えがあった――ジル様のお部屋だ。

ゆっくりと体を起こしてから、体が自由に動くことに気がついた。

静かにベッドを出て鏡の前で自分の姿を確かめてみる。

大きな窓から差し込む月明かりに照らされたほどよく鍛《きた》えられた男の人の体は、どこをどう見てもジル様の姿で、昼間のことが全部夢だったらよかったのにと思った。

最悪な一日でしたわ……。

芋《いも》づる式に気を失う直前のことまで思い出してしまって、恥ずかしさのあまり顔を手で覆った。

(結婚前の乙女になんてものを見せつけてくれましたの！)

おトイレもお風呂も生活する上では避けて通れないものだと頭では理解しているつもりでも、気持ちが追いついてくれない。

(無理無理無理無理無理！　ぜったい、ぜーったい、無理ですわ！)

これが毎日とか刺激《しげき》が強すぎて心臓が持ちそうにない。このままでは目的を達成する前に羞恥心で消滅《しょうめつ》してしまいますわ。

そう思ったわたくしは、目的達成のため早々に行動を起こすことにした。

まずはアリーシャに未来で起こることを知ってもらう必要がある。

問題はどうやってそれを伝えるかだけど……。

部屋の中をぐるりと見回したわたくしは、窓際《まどぎわ》にあるジル様の机の上——立てられていた羽ペンを見て手紙を書くことを思いついた。

(そうだ、手紙……！　こっそり渡すことができれば、ジル様に知られることなくアリーシャに真実を伝えることができますわ！)

秘密裏に行動するにはジル様が寝《ね》ている今しかない。

ジル様を起こさないように慎重《しんちょう》に机に座ると、レターセットを探してサイドキャビネットの引き出しに指をかけた。

（勝手に開けてごめんなさい！）

心の中で謝ってから、音が立たないようにゆっくりした動作で引き出しを引く。

目当てのものは二段目の引き出しにあった。

真新しい白い封筒《ふうとう》と便箋《びんせん》を取り出して、封筒に【アリーシャ・メイベル様】と書く。宛《あ》て名《な》に自分の名前を書くなんて不思議な感じですわねと思いながら、続けて便箋へとペンを走らせた。

【拝啓《はいけい》　アリーシャ・メイベル様】と書きはじめた手を一度止めて、このあとどう書き進めようかと筆を迷わせる。

筆を宙に泳がせながら、昼間見たアリーシャの姿を思い出す。これから何があるのかもわかっていない一年半前のわたくしは、なんの疑いもなくジル様と接していた。

いきなり『未来のアリーシャです』なんて書いても信じてもらえるはずがないだろうから、名前は書かずに事実だけを書き進めることにする。

ジル様がコーデリア様と懇意《こんい》にしていることや、学園卒業後に婚約破棄を言い渡されること、さらにはコーデリア様に階段から突き落とされて命を落としてしまうこと。

最後に、このような未来を迎《むか》えたくなければ、アリーシャからジル様に婚約破棄を突きつけるようにと書《か》き添《そ》えておく。

なんだか脅迫文《きょうはくぶん》のようになってしまいましたわね。

もう一度読み返して、ふと冷静になった。名前のあるなしに拘《かか》わらず内容が怪《あや》しすぎる。

こんな怪しい手紙、仮に渡せたとしても信じてもらえるわけがない。せめてもっと信《しん》憑性《ぴょうせい》のあることを書かなければ。

となれば、やはりジル様が浮気している証拠を書く必要がある。今日のところはこれ以上書くのは無理だと判断して、書いた手紙を捨てようとしたところで、机の横に備えつけられたゴミ箱が空っぽなのに気づいた。

ゴミ箱を漁《あさ》られることはないとは思うけど、万が一ジル様に見られないとも限らない。捨てるにしても、一度どこかに隠して確実に廃棄《はいき》する方法を見つけてからにしようと思ったわたくしは、ひとまず便箋を折りたたんで封筒にしまい込んだ。

そうしてレターセットを取り出したまま開けっ放しになっていた引き出しを見ると、奥にちょうどいいサイズの箱を見つけた。

この箱の下ならばそうそう見つからないのではないかしら。

手紙を箱の下に隠そうと箱を持ち上げた拍子に上蓋《うわぶた》が外れてしまい、中にしまわれていた手紙が散らばってしまう。

慌《あわ》てて拾い上げたわたくしは、薄い水色の封筒に見覚えのある字で【ジルベルト・バートル様】と宛て名が書かれているのを見て、ピタリと動きを止めた。

『これ……わたくしが送った手紙……？』

ひっくり返してみると、思った通り差出人のところには【アリーシャ・メイベル】と書かれていた。散らばってしまった手紙のどれもが、わたくしがジル様に宛てたものだった。

（懐かしい……）

学園が長期のお休みの時とかに、帰省先の領地から送ったことが度々《たびたび》ありましたわね。

どんなことを書いたかしらと、ちょっとした出来心から手紙を開いて読んでみると、領地での暮らしぶりや学園の課題の話が書かれていた。

一通読んだら懐かしい気持ちになって、もう一通と手を伸ばして読み始める。五通目を読み始めたあたりで、急に体の自由が利かなくなった。

『!?』

いきなりどうしてしまったのかしらと思っていると、わなわなと唇《くちびる》が震えた。

「……なにをしているのですか？」

底冷えするような声音からは確実に怒《おこ》っているのがわかった。

『お……起きていらっしゃいましたの!?』

「なにを、しているのかと聞いてるんです」

正面の窓ガラスに映るジル様の顔は、笑顔《えがお》のはずなのに目の奥が笑っていなかった。

まずいですわ。手紙を見つけた経緯《けいい》を話せば、わたくしがアリーシャに手紙を書いていたことまで話さなければならなくなる。ここは下手な言い訳をせずに手紙を読んでしまったことだけ謝ってしまおうと謝罪の言葉を口にする。

『ごめんなさい！　つい気になって読んでしまいましたの！』

「だからって、人の手紙を勝手に読むなんて……！」

『わ、わたくしだって、これがアリーシャからの手紙じゃなかったら読みませんでしたわ！』

人様の手紙を読んではいけないくらいの良識はもっている。読んでしまったのは、これが自分が書いた手紙だったからだ――そういうつもりで抗議したのに、ジル様は手紙をしまう手をピタリと止めて眉《まゆ》を顰《ひそ》めた。

「……アリーシャのだから読んだのですか？」

何のために？　と言外に問われたような気がして、今のが失言だったと気づいた。

そういえば、ジル様はわたくしがアリーシャだって知らないのでした。

えーと。えーと、えーと……。

『よ、読んだといっても、どれも大した内容ではありませんでしたわよ？』

「…………大した内容ではない？」

ジル様の声がさらに低くなった気がする。

（ヒェ……まずいですわ、絶対怒ってる……！）

ジル様はゆっくりした動作で手紙をもとの箱の中に片付けると、引き出しに鍵《かぎ》をかけた。

これ以上何を言ってもジル様を怒らせてしまうだけだと思ったわたくしは、話題をそらしてしまおうとジル様にベッドを勧《すす》めてみる。

『よ、夜も更《ふ》けてまいりましたし、おやすみになっては……？』

「………それで、僕が寝ている間にあなたが勝手に動かない保証はどこにあるのですか？」

『えっと……そうですね――では、こうしましょう。朝までわたくしの手とベッドを紐《ひも》で結んでいただいてかまいませんわ』

「は⁉」

『ですから、わたくしの手とベッドを――』

「それだともれなく僕の手もベッドと繋《つな》がってしまうのですが……」

脱力《だつりょく》したジル様に指摘されて『たしかに』と同意する。同じ体を共有するって融通《ゆうずう》が利かないものですわね。

物理的に行動を制限しようとすれば、ジル様にも影響《えいきょう》があるのは致し方ない。

ジル様はため息を一つつくと、どこからか紐を取り出してベッドの柱に括《くく》りつけた。

『⁉』

「………背に腹はかえられません。今日のところはあなたの提案に従いましょう」

ほどけないように確認したあと、紐の端《はし》を自分の左手首にきつく結びつけた。

よほど手紙を読まれたのが逆鱗《げきりん》に触れたと見える。

うう……こんな状態ですぐに眠《ねむ》れるかしら……。

そんな心配もよそに、ごろりとベッドに横になるとすぐに眠気《ねむけ》が訪《おとず》れた。幽霊でも普通《ふつう》に眠くなるらしい。

アリーシャに宛てた手紙も引き出しの中に一緒にしまわれてしまいましたし、今日は大人しく寝るしかありませんわね。

うとうとしながら先ほど読んだアリーシャの手紙の内容を思い出す。どれも他愛もない話ばかりで、大事に取っておくようなものではなかった。

ジル様の目が閉じて、わたくしの視界も闇《やみ》に閉ざされる。ふわふわした心地《ここち》で誰に言うでもなくぽつりと呟いた。

『でも……意外でしたわ……手紙を大事に取っておいてくださっていたなんて……』

少しして、ジル様が小さく笑う気配がしてわずかに口が動いた。

なに？　なんて言いましたの……？

微《かす》かな声を聞き取ることのできないまま、わたくしはまどろみの中に身を委ねた。

2章　浮気調査とすれ違っていた過去

翌朝。

目が覚めると、ジル様がベッドに括《くく》りつけた紐《ひも》をほどこうと奮闘《ふんとう》しているところだった。きつく縛《しば》った結び目は右手だけではほどくことができず四苦八苦しているところに、ジル様を起こしにチャーリーさんがやってきた。

チャーリーさんはジル様が紐で縛られているのを見るや、「悪霊《あくりょう》の仕業ですか⁉」と詰《つ》め寄《よ》ってきた。真っ先に疑われるなんて心外ですわと思いつつも、よくよく考えてみれば発案者はわたくしだったと思い出して返答に困っていると、ジル様が自分でやったことだとチャーリーさんを宥《なだ》めてくれた。

とはいえ、ジル様にとっては大変不名誉《ふめいよ》な目覚めだったらしく、そのあと大急ぎで一緒《いっしょ》に暮らす上でのルールを決めることになった。

人前で勝手にしゃべらないことだけは昨日決めていたけれど、それに加えてジル様からは彼の意識がない時に勝手に動き回らないでほしいこと、わたくしからはおトイレとお風《ふ》呂《ろ》の時は可能な限り目を閉じて入ってほしいことが挙げられた。

わたくしの要望を聞いたジル様が、「お風呂は無理じゃありませんか？」と苦言を呈《てい》した。

やっぱりお風呂は無謀《むぼう》だったかと思いつつ、うっかり昨日のことを思い出してしまって咳払《せきばら》いをして誤魔化《ごまか》した。代わりに、わたくしが寝《ね》ている間に入ることを提案してみる。数学か経済学の教科書を読んでもらえればすぐに眠《ねむ》れますと自信満々に伝えれば、ジル様から鏡越《ご》しに何ともいえない視線を向けられた。

『今呆《あき》れましたわね！　苦手なんですもの、仕方ないでしょう⁉』

ぷうっと頬《ほお》を膨《ふく》らませていじけてみせれば、彼は苦笑《くしょう》して口元を押さえた。

「いえ、なんとも人間くさい幽霊《ゆうれい》だと思いまして」

『それ馬鹿にしてません⁉』

「別に馬鹿にしているつもりはありませんよ――それより、屋敷《やしき》の外に出たら人前では絶対にしゃべらないでください。いいですね？」

制服に着替《きが》えたジル様に念を押される。

『わかっていますわ。昨日のような失態はもうしませんからご安心ください』

何より今のわたくしには、浮気《うわき》の証拠《しょうこ》をこっそり集めるという目標ができたのです。目立つような行動は慎《つつし》まなければ。

わたくしは鏡の中に映る制服姿のジル様を見つめて、すました顔をしていられるのも今のうちですわよと口《くち》の端《はし》を上げてみせた。

浮気調査一日目。

ジル様とコーデリア様は挨拶《あいさつ》を交《か》わしたものの、二人の間に不審《ふしん》な動きはない。

ジル様の中で午後の授業を受けながら、焦《あせ》ってはダメだと自分自身に言い聞かせる。

焦ってはだめよ、わたくし。まだ一日目じゃない。浮気調査は根気が大事って、小説にも書いてありましたもの。体を共有している限り、ジル様に隠《かく》しごとなんてできるはずがない。今は事を荒立《あらだ》てずにボロが出るのを待たなければ。

いつか読んだ小説の内容を思い出しながら内心うんうんと頷《うなず》いていると、ふとジル様の視界が窓際《まどぎわ》に向いた。

(あ……また……今日何度目かしら?)

今日一日体を共有してわかったのは、ジル様がいかに真面目に授業を受けていないかということだった。

教室の後方にあるジル様の席からは教室全体が見渡《みわた》せるのだけど、ジル様は日に何度も窓のほうに目を向けていた。授業中でも休み時間中でも、ふとした拍子《ひょうし》に窓の、とりわけ前のほうに目を向ける。その頻繁《ひんぱん》さと言ったら、もっと真面目に授業をお受けになったほうがよろしいのでは?　と口を出したくなるほどだった。

最初こそ窓の外に何か気になるものでもあるのかと思っていたのだけれど、すぐにその視界の中央にアリーシャがいることに気づいた。

（――もしかして、わたくしを見ていますの？）

自意識過剰《かじょう》かしら？　と思いつつ、視界に入るアリーシャを観察してみる。

窓際の前のほうに座るアリーシャがジル様の視線に気づいた様子はない。彼女はノートにペン先を押しつけたまま、うとうとと船を漕《こ》いでいた。

午後のぽかぽかした陽気に苦手な経済学の時間だ。眠くなるのも致《いた》し方ない。

生前もよく授業中にうとうとしていたのを思い出して懐《なつ》かしい気持ちに浸《ひた》っていると、アリーシャの頭がカクンと大きく揺《ゆ》れた。はっとしたアリーシャがこそこそと周囲に目を配る。ジル様はその時だけ見てませんと言いたげにアリーシャから目をそらした。そうして誰《だれ》にも見られていないことを確認《かくにん》したアリーシャがほっとする様子を見て、ジル様は口元を緩《ゆる》ませた。

（あああ、後ろ！　ジル様に思いっきり見られてますわよ！）

自分のことながら恥《は》ずかしい。もう見ないでほしいのに、ジル様がずっと見続けるものだから、再びうとうとし始めた自分の姿を見続ける羽目になってしまった。

結局この日は浮気の証拠は得られず、浮気調査一日目はジル様が授業中によそ見ばかりしているということしかわからなかった。

浮気調査二日目。

この日も収穫《しゅうかく》のないまま一日が終わった。

今日は放課後ブライト様のお屋敷にお邪魔《じゃま》することになっていたので、学園を出たその足でブライト様の家の馬車に乗りこむ。

王都郊外《こうがい》にあるレイ家のタウンハウスは、塀《へい》にびっしりと蔦《つた》が生《お》い茂《しげ》っていてどこか陰鬱《いんうつ》で近寄りがたい雰囲気《ふんいき》が漂《ただよ》っていた。

そんな空気をものともせずに、ブライト様が「ただいまー」と誰もいないエントランスに声をかければ、執事《しつじ》さんやメイドさんが出迎《でむか》えてくれるわけではなく、赤いバラが活《い》けられた豪勢《ごうせい》な花瓶《かびん》が出迎えてくれた。どういうわけか、誰もいないのに花瓶が宙に浮《う》いている。はっきり言ってホラーすぎる。

『ヒィッ！　ななな、なんですの、これ⁉』

短く上げた悲鳴に、ブライト様が苦笑する。

「びっくりさせちゃってごめん。うち、ご先祖様の幽霊と同居しててさ」

ブライト様がなんてことないようにものすごいことを言ってのけた。

　ブライト様自身は幽霊を見る能力はないそうですが、花瓶が宙に浮いたりする現象は日常茶飯事《にちじょうさはんじ》のため見慣れているらしい。いつもちょっとやそっとのことでは驚《おどろ》かないブライト様のメンタルの強さはこのあたりから来ているのかと妙《みょう》に納得《なっとく》してしまった。

　ブライト様に案内されるまま彼の私室に招かれたわたくしとジル様は、入ってすぐにそこかしこに積み上げられた本に目が奪《うば》われた。

「散らかっててごめんね」と言ったブライト様は、わたくしたちをソファーに座るように促《うなが》すと、本を数冊と金髪《きんぱつ》のビスクドールを持ってわたくしたちの向かいに腰《こし》を下ろした。

「とりあえず、調子はどう？　体がおかしいとか疲《つか》れやすいとかいった症状《しょうじょう》はないかい？」

「今のところ肉体的にはおかしいところはありませんが、精神的に疲れますね」

「まぁ、他人と四六時中一緒にいるっていうのは気を遣《つか》うよね。ジルベルトの中の彼女は？」

『わたくしもそんな感じですわ。お着替《きが》えの時とかごっそりと気力を持っていかれるといいますか……』

　一番気力を持っていかれるのはおトイレの時だけど、恥ずかしいのでそれは黙《だま》っておく。

「なるほどね……いくつか確認したいんだけど、ジルベルトの体って今どうなってるの？　二人とも自由に動かせるの？」

ブライト様は今のジル様の状況《じょうきょう》が知りたいらしく、立て続けに質問を重ねた。ジル様は右手を握《にぎ》ったり開いたりしながら聞かれたことに答えた。

「いえ、今のところは僕だけのようですね」

『わたくしが今動かせるのは口だけですわね。ジル……ベルト様が寝ている間は自由に動き回れるのですが、起きると急に体の自由が失われる感じです』

「なるほど……体の所有権はジルベルトにあるみたいだね」

ブライト様は聞いたことを書き記していく。

ジル様には取り憑《つ》かれた日の朝の様子や最近何か変わったことはなかったかということ、取り憑かれる原因に心当たりはないかどうか。わたくしにはジル様に取り憑いた原因に心当たりはないかどうか。

そんなことを聞いてどうするのかとジル様が聞けば、ブライト様は手にしていたペンをクルクル回しながら幽霊について説明してくれた。

「一般的《いっぱん》に幽霊が現世に留まっているっていうのは、何かしらの未練があることがほとんどなんだ」

『未練、ですか？』

「うん。で、幽霊が人に取り憑く場合っていうのは、その未練に関係していることが多いんだよ。だから君たちにも何か思い当たることはないか聞いてるってわけ」

『…………』

【未練】と聞いて最初に頭に浮かんだのは、婚約破棄《こんやくはき》された未来を変えたいという思いだった。けれど自分の正体を明かしていない以上、それをここで話すわけにはいかない。

わたくしは無言を貫《つらぬ》くことで思い当たることはないと誤魔化した。

ブライト様はわたくしたちの話を聞いた後で、テーブルの上に積み上げられた本を一冊手に取った。

「あれから僕のほうでも調べてみたんだけど、霊《れい》を体から引きはがすような魔術《まじゅつ》は世界各地にいろいろあるみたいなんだよね。どれが君たちに効果があるかわからないけど、これから一つずつ試《ため》してみようと思うんだ。ちなみに今日試すのはこれ」

そう言って手にしていた本をパラパラ捲《めく》ると、魔法陣《まほうじん》らしき図形が描《か》いてあるページを開いてわたくしたちに提示してくれた。この国の本ではないらしく、見たことのない文字が記載《きさい》されている。ブライト様は儀式《ぎしき》の手順について説明し、成功すればわたくしの魂《たましい》はジル様の体を出てブライト様の持ってきたビスクドールに移されると教えてくれた。

ブライト様の説明を聞きながら、わたくしは内心焦っていた。人形の中なんかに魂を移されたら、今以上に身動きがとれなくなってしまう。まだ何一つ浮気の証拠を集められていないのに、今ジル様の体から追い出されては困る。

このままでは、わたくしを助けるどころか同じ未来を迎《むか》えてしまいますわ。

おまけにブライト様の持ってきたビスクドールは、目がぎょろりとしていて髪《かみ》もパサパサでおどろおどろしい。正直、あんな人形になるなんて嫌《いや》すぎる。

どうにか阻止《そし》できないかと、そんな不気味な人形に移されるのは嫌だと駄々《だだ》をこねてみる。

『どうしてよりにもよって、そんな不気味なお人形さんなんですの⁉』

「不気味だなんてひどいな。しょうがないじゃないか、うちにある女の子の人形なんてこれくらいしかなかったんだから——さぁ、ものは試しだよ。はい、ジルベルト。これ被《かぶ》って陣《じん》の中央に立って」

ブライト様は黒いローブを羽織ると、壁《かべ》に丸めて立てかけてあった大きな紙を床《ゆか》に広げて、月桂樹《げっけいじゅ》でできた冠《かんむり》をジル様に差し出した。ジル様は促されるままに魔法陣と思《おぼ》しき複雑に重なった円の中央に立つと、葉っぱがわさわさ付いた冠を頭に載《の》せた。

円の外にいるブライト様はジル様と同じく月桂樹で作られた冠を頭に載せて、聞いたこともない言語で呪文《じゅもん》らしきものを唱え始めた。

その瞬間《しゅんかん》、見えない力に引っ張られるような感覚を覚えた。

（まずいですわ！　追い出されてたまるものですか！）

わたくしは必死にジル様の体にしがみつくようにして儀式に耐《た》えた。

ややあって、ブライト様が力ある言葉をもって手を天に掲《かか》げた。同時に見えない力のよ

うなものも消える。

（た、耐えきりましたわ……）

ほっと胸をなでおろすと、ブライト様が息を切らしながら「どう？」と尋《たず》ねてきた。ジル様の代わりにわたくしがまだジル様の中にいることを告げると、ブライト様は「失敗かー」とぼやいた。

「まぁ、そう上手《うま》くいくとは思ってなかったけどね。今度また違《ちが》うのを探しておくよ」

ブライト様はがっかりするジル様を気遣《きづか》って手ずからお茶を淹《い》れてくれた。なかなかに手際《てぎわ》がいい。貴族なのに自分でお茶を淹れられるなんて珍《めずら》しいとその様子を見ていると、ふと目が合ったブライト様が見透《みす》かしたように小さく笑った。

「夜眠れなくて、よく安眠《あんみん》効果のあるお茶を淹れるんだ」

夜眠れないというブライト様の目の下に浮いた隈《くま》が痛ましい。

ブライト様の淹れてくれたお茶は、ほのかにオレンジの香りがした。ふわふわとした気分になってきたと思ったら、ジル様の体がぐらりと傾《かたむ》いて、まばたきのうちに体の支配権がわたくしに移っていた。

急にどうしたのかしらと、自由に動くようになった体に視線を落として手を握ったり開いたりしていると、向かいに座るブライト様から声がかけられた。

「――ジルベルトは寝たかな？」

　まるでジル様が寝るとわかっていたような口ぶりに警戒心《けいかいしん》が高まる。

『どういうおつもりですか？　ジル様になにをなさったの!?』

「少しだけジルベルト抜《ぬ》きで君と話したくてね。あ、ジルベルトなら僕がいつも飲んでるお茶を飲んでもらっただけだから心配いらないよ――まぁ、ジルベルトだけ寝るかどうかは賭《か》けだったけど。さっきの話を聞いた感じだと、ジルベルトに比べて君の感覚は鈍《にぶ》いみたいだからね。それをちょっと利用させてもらったってわけ」

　どうやらジル様よりもわたくしのほうが感覚が鈍いという特性を利用して、睡眠《すいみん》効果のあるお茶でジル様だけを眠らせたらしい。

　淡々《たんたん》と話すブライト様の様子に得体のしれないものを感じて身構える。

「そう身構えないでよ。ねぇ、アリーシャ嬢《じょう》」

『…………え？』

　さらりと言われた名前に目を見開く。驚いてブライト様の顔を見ると、にこやかな笑《え》みを浮かべた彼と目が合った。

「どうして？　って顔だね。君も知ってるだろ？　僕が人のオーラを見ることができるってこと」

『え、ええ……でも、だからって、どうして……』

　それに何の関係があるのだろうと、ごくりとつばを飲み込んでブライト様の言葉を待つ。

「人のオーラっていうのはね、誰一人として同じ色をしてる人はいないんだよ。一昨日、ジルベルトと会った時は驚いたよ。アリーシャ嬢と瓜二つ《うりふた》のオーラがジルベルトの中に見えるんだもの」

『で、でも、アリーシャは別に……』

「うん、いるね。本来なら同じ時間に同じ人間が二人いるなんて生霊《いきりょう》くらいしかありえないんだけど、君は生霊でも、まして悪霊でもなさそうだ。だから、君が何なのか確認しておきたくて」

ブライト様は膝《ひざ》の上に頬杖《ほおづえ》をつくと、黒い双眸《そうぼう》をすっと細めた。探《さぐ》るような視線に居心《いごこ》地《ち》の悪さを感じて、そっと視線を下げる。

『わたくしだってわからないのです。死んだはずなのに、目が覚めたらジル様の体だし、一年半も時が巻《ま》き戻《もど》っているしで――』

「時が巻き戻ってる⁉　それ、本当⁉」

ブライト様が驚きのあまり腰を浮かせて両肩《りょうかた》を摑《つか》んできた。

本当かと言われると正直自信がない。時を遡《さかのぼ》る前の記憶《きおく》はわたくしが覚えているだけで、何の証拠もない。『とても信じられるようなお話ではないのですが』と前置きをした上で生前の話をすると、ブライト様は神妙《しんみょう》な顔をしてわたくしの話に耳を傾けてくれた。

ひとしきり話を聞いた後、ブライト様はなにやら考えるように親指の爪《つめ》を噛《か》んで、一言でしょうね。わたくしだって、ブライト様の立場だったら信じられませんもの。

もとより信じてもらえないと思っていたとはいえ、やはり信じてもらえないというのは応《こた》える。『こんな非常識なお話、信じられませんわよね』と意気消沈《しょうちん》して同意すると、ブライト様ははっとしたように顔を上げて手を横に振《ふ》った。

「違う違う！　僕が信じられないって言ったのは、ジルベルトが浮気してたってとこ」

『そこ⁉』

「時が巻き戻ってることを確認する術はないけど、世の中には逆行転生の魔術書なんてものが存在してるくらいだからね。そこは信じるよ」

『逆行転生の魔術書？　そんなものがあるのですか？』

「うん。うちの禁書庫で読んだことがあるよ」

世間話をするかのようにさらりと言ってのけたブライト様は、一度言葉を切った後に

「ねえ、アリーシャ嬢」と口を開いた。

「……どうしてジルベルトに名前を忘れただなんて嘘《うそ》をついたの？　もしかして、婚約破棄されたことが原因だったりする？」

図星を指されて膝の上で手を握りしめる。

『……だって、気づいてくださらなかったんですもの。仮にも婚約《こんやく》関係にあったのに、ジ

ル様ってばまったく！　これっぽっちも！　わたくしがアリーシャだって気づいてくださらなかったんです！　確かに、正体は明かしてないですがきっとジル様にとって、わたくしはどうでもいい存在だったのでしょうね……ああ、いろいろ思い出してきましたわ。二人でお出かけした時もいつもわたくしよりも時間を気にされていて……そういえば卒業パーティーの日だって、いつの間にかいなくなっていて最後までエスコートしてもらえませんでした……きっとあの時もわたくしに隠れてコーデリア様との逢瀬《おうせ》を楽しんでいたに違いありませんわ！　何の因果かこうして過去に戻ってこれたんですもの、今度はこちらから婚約破棄をつきつけないと気が済みません！』

不快感を隠さずに答えると、ブライト様は額に手を当てて深くため息をついた。

「なるほど……君はそう思ってるわけか……」

ブライト様は椅子《いす》に座ったまま、眉間《みけん》に深いしわを刻んで動かなくなってしまった。その表情からは何を考えているのかわからない。しばらくはその様子を見守っていたのだけれど、重苦しい沈黙《ちんもく》に堪《た》えかねて様子をうかがうように声をかけてみる。

『……あの、ブライト様？』

呼びかけると、ブライト様はゆっくりした動作でわたくしと目を合わせ――にっこりと胡散臭《うさんくさ》い笑みを浮かべた。

「どうせすぐには解決しないんだ。この機会にジルベルトのことをよく見てあげてよ」

『………どういう意味ですの？』

言葉の真意がわからずに聞き返すと、ブライト様はにっこりとした笑みを浮かべたまま「ジルベルトが浮気するやつかどうか、君の目で確かめてってこと」と答えた。

ブライト様はジル様が浮気なんてするはずないって思っているのでしょうけど、浮気なんて外聞の悪いことを友達に話すとは思えない。きっとブライト様は知らされていないだけなのだろう。

どのみち浮気調査をしているので結果はおのずと出てくるはず。この挑戦《ちょうせん》、受けて差し上げようじゃありませんか。

『浮気調査、望むところですわ』

「決まりだね。それじゃあ結果がわかるまでは、君がアリーシャ嬢だってことはジルベルトに内緒《ないしょ》にしておいてあげるよ」

にこにこと余裕《よゆう》そうなブライト様の様子に、わたくしは負けじと口の端を上げて「ジル様の本性《ほんしょう》を知っても後悔《こうかい》しないでくださいね」と対抗《たいこう》した。

✤ ✦ ✤ ✦ ✤

ジル様の浮気調査を始めて数日。とうとう浮気の証拠を摑む時が来た。

放課後、ジル様はコーデリア様から授業で作ったという刺繍《ししゅう》のハンカチを差し出された。

「午後の授業で刺繍をしたんです。よろしければもらっていただけないかと思って」

細い腕《うで》の先をスカートの後ろに隠して、もじもじと体を揺らしながら頰を染めるコーデリア様の姿に、わたくしは背筋の冷えるような感覚を抱《いだ》いた。

自身が刺繍した小物を贈《おく》るということは、相手を大切な人と思っていると暗に伝えているようなものだ。婚約者のいる男性に刺繍のハンカチを贈るという神経が信じられない。

ジル様だって女性が刺繍のハンカチを男性に贈ることの意味はわかっているはず。

これは立派な浮気現場といえるだろう。

ようやく巡《めぐ》ってきた機会にドキドキしながら見守っていると、ジル様はわたくしの予想に反して丁寧《ていねい》に頭を下げて受け取りを拒《こば》んだ。

「すみません、コーデリア嬢。申し訳ないのですが、受け取れません」

(え⁉　受け取りませんの⁉)

てっきり嬉々《きき》として受け取るのだと思っていたから、ジル様の反応に驚いた。断られたのが気にくわなかったのか、コーデリア様の顔がわずかに歪《ゆが》む。

「……それは、婚約者がいらっしゃるからですか？」

「ええ」

「それは存じてますわ。でも、私……上手くできたから、ずっと憧《あこが》れていたジルベルト様に使っていただきたくて……」

　コーデリア様の目がみるみる涙《なみだ》で潤《うる》んできて、それを見たジル様が「うっ」と狼狽《うろた》える。

ジル様は彼女の涙に誘《さそ》われるように手を伸《の》ばしかけて、ぎゅっと拳《こぶし》を握りしめた。

「すみません。それでも、僕はアリーシャを裏切るようなことはしたくないので――

ああ、泣かないでください！」

「せめて見ていただくだけでもだめですか？」

「ええと……見るだけでよければ……」

　ジル様の返事に、今にも泣きだしそうだったコーデリア様の顔がぱぁっと明るくなる。

彼女は折りたたまれていたハンカチを開いて、もっと近くで見てくださいとジル様に体を近づけた。

　赤やピンクの小さな花が左下と右上に綺麗《きれい》に刺繍されていたハンカチは、本人が上手にできたと言うだけあってかなりの力作だった。

「綺麗な花ですね。これは何という花なんですか？」

「アネモネです」

　花の名前を聞かれたコーデリア様がはにかむように微笑《ほほえ》んだ。

　アネモネ。花言葉は確か【あなたを愛する】とか【はかない恋《こい》】とかだった気がする。

そういえば、思い出してきましたわ。

確かこの授業、花言葉を調べてその花を刺繍したハンカチを誰かにプレゼントするという趣旨《しゅし》のものでしたっけ。プレゼントする相手は親でも兄弟でも好きな人でもいいというので、わたくしはジル様にお贈りしようと花言葉を調べてナズナとブルースターの花を刺繍したのでした。

ジル様が花言葉まで知っているかはわからないけれど、婚約者のいる相手に【愛してます】という花言葉の花を刺繍したハンカチを贈ろうとするなんて正気の沙汰《さた》とは思えなかった。

あまりのことに唖然《あぜん》としていると、ふとコーデリア様の肩越《かたご》しにこちらを見ているアリーシャの姿に気がついた。

その不安げな表情に、この時のことを思い出した。

帰りにハンカチをお渡《わた》ししようと思っていたわたくしは、ジル様がコーデリア様からハンカチをもらっているのを見てすっかり渡す気をなくしてしまいましたのよね。楽しそうにお話しする二人を見ているのが辛《つら》くなって、教室をそっと抜け出して、中庭で一人泣きましたっけ。今でもとても悲しかったのをよく覚えている。

――――でも、本当は違った。

ジル様はちゃんと婚約者であるわたくしのことを優先してくれて、きっぱり受け取れな

いと断ってくれていた。

時を越《こ》えて知った真実は、わたくしが思っていたものとは全く違うものだった。

コーデリア様の長い自慢話《じまんばなし》が終わる頃《ころ》には、教室からアリーシャがいなくなっていた。

「アリーシャ……？」

ジル様が小さく呟きをもらし、教室内をぐるりと見渡す。目線の動きからアリーシャを捜《さが》しているのがわかった。

わたくしはアリーシャの場所を教えようと口を開きかけ、きゅっと口を結んだ。

かつてのわたくしがそうだったように、おそらく今頃《いまごろ》は中庭で泣いているはずだ。きっと涙でぐちゃぐちゃになっているに違いない。泣き腫《は》らした顔なんてジル様には見られたくないだろう。そう思ったから、わたくしはあえてアリーシャの居場所を教えなかった。

ジル様は最後にもう一度アリーシャの席に目を向けると、そのまま教室を出て人けの少ない廊下《ろうか》を走りだした。

移動教室で使った教室、図書室、医務室、食堂。

広い学園内を走り回るジル様を間近で見て、『どうして』と心の中で呟く。

どうしてこんなに一生懸命《いっしょうけんめい》捜してくださるの？

『もうとっくに帰ってしまったのではないですか？』

教室棟《とう》と特別棟を繋《つな》ぐ渡り廊下まで戻ってきたところでぽつりと話しかけてみる。

アリーシャの机に鞄《かばん》がかかっていなかったのをジル様も確認しているはず――もう帰ったと思われても仕方のない状況で、試すようなことを言っている自覚はあった。

けれど、ジル様は「いいえ」ときっぱり首を横に振った。

「放課後、少し会えないかと言っていたんです。アリーシャが何も言わずに帰るなんてありえません」

傾いた赤い太陽が誰もいなくなった廊下を照らして、足元の影《かげ》が大きく伸びる。

まだ学園内のどこかにいると信じてくださっているジル様に心を打たれ、わたくしは今まで黙っていたアリーシャの居場所を伝えることにした。

『……………中庭です』

「中庭？」

『中庭の、池の近く……おそらくそこにいます』

かつて、二人の仲を誤解したまま教室を出たわたくしが向かった場所がそこだった。

どこでもいいから人のいないところへと足の向くままに歩き回ったせいで、どういう経路を辿《たど》ったかまでは覚えていなかったけれど、ハンカチを池に落としてしまったことだけは鮮明《せんめい》に覚えていた。

ジル様は理由も聞かずに廊下の手すりを飛《と》び越《こ》えて中庭に降り立つと、池のある西側に向かって駆《か》け出した。

脚《あし》の長いジル様は走るのも速くて、目的の場所にはあっという間にたどり着いた。

きょろきょろとあたりを見回すジル様の視界が、風になびく銀の髪を捉《とら》えた。

「アリーシャ！」

ジル様が駆け寄りながら声をかけると、木の幹に背中を預けるようにして座っていたアリーシャがびくりと体を震《ふる》わせた。けれど、声をかけられたアリーシャは硬直《こうちょく》してしまったかのように、こちらを振り返ろうとはしない。

そうしているうちにジル様がアリーシャのもとにたどり着いてしまう。膝をついて正面からアリーシャの顔を覗《のぞ》き込むと、案の定彼女の目は泣き腫らしたように赤くなっていた。

「アリーシャ、何かあったんですか⁉」

アリーシャの泣き顔を見たジル様が彼女の両肩を揺さぶった。違う、というようにアリーシャが頭を横に振る。

「では、誰かに何かされて⁉」

それも違うとアリーシャが頭を振って否定する。大きな瞳《ひとみ》が潤んでポロリと大粒《おおつぶ》の涙が溢《あふ》れた。

慌《あわ》てたジル様がポケットからハンカチを取り出して差し出せば、アリーシャは潤んだ目をジル様に向けたままじっと見つめた。その唇《くちびる》が小さく震えた。

「……ど、して……？　コーデリア様とご一緒だったのでは……？」

「確かにコーデリア嬢とは話をしていましたけど、放課後はあなたと約束をしていたでしょう？」

「……だから、追いかけてきてくださいましたの？」

消え入りそうな声で尋ねられ、ジル様は「ええ」と頷き返した。そうしていつまで経《た》っても受け取ってもらえないハンカチでアリーシャの涙の跡《あと》をそっと拭《ぬぐ》うと、どこかに視線を彷徨《さまよ》わせてから彼女の隣《となり》に腰を下ろした。

「見つけられてよかった……何があったんですか？　僕でよければ聞かせていただけませんか？」

ジル様が優《やさ》しい声で問いかけ、気遣うようにアリーシャに目を向ける。その視線の先で、アリーシャはジル様の視線から逃《のが》れるように目をそらし、微《かす》かに震える手でスカートの裾《すそ》を握りしめた。

「…………」

不安そうな彼女の表情からは、コーデリア様から贈られたハンカチのことを聞きたい、けど怖《こわ》くて聞けない――そんな葛藤《かっとう》が見て取れた。自分のことだからか、彼女が何を考えているのか手に取るようにわかった。

誤解なんだからさっさと確かめてしまえばいいのにと、目の前でもじもじする自分にもどかしくなってくる。

（ああ、もう！　じれったいですわね！）

ジル様にはしゃべらないでくださいと言われていたけれど、このままでは埒《らち》が明かないと思って、ジル様に一言断ってから口を開いた。

『一言だけ言わせてください――アリーシャ、ジル……僕はコーデリア嬢のハンカチを受け取っていませんからね』

「っ！」

なるべくジル様っぽく聞えるように伝えると、アリーシャは深い青色の目を大きく見開いて小さく息をのんだ。

「ほんと、に……？　本当にコーデリア様からもらっていませんの……？」

その一言でジル様はアリーシャがなぜ泣いていたのか察してくれたらしい。わたくしの言葉を引《ひ》き継《つ》いで今度はジル様が答える。

「ええ。渡されましたけど、受け取りませんでしたから」

「どうして……？」

「どうしても何も。あなたという婚約者がいるのに受け取るわけがないでしょう？」

ジル様はそう言うと、アリーシャから少し目をそらして項《うなじ》のあたりをかいた。

「その……アリーシャは僕に……」

「え？」

上手く聞き取れなくてアリーシャが聞き返すと、ジル様は意を決したように先ほどより大きな声で繰《く》り返した。

「アリーシャは僕に作ってくれなかったんですか？」

「ふぇ⁉」

「あなたも授業でハンカチに刺繍をしたのでしょう？」

「はい……あの、でも……わたくしの作ったものなんかで本当によろしいのでしょうか……？」

鞄からオフホワイトのハンカチを取り出してもじもじするアリーシャに、ジル様は間髪《かんはつ》を容《い》れずに答えた。

「ええ。あなたのがいいんです」

その一言を聞いて、アリーシャは虚《きょ》を衝《つ》かれたような顔をしてから満面の笑みを浮かべた。シンプルな言葉はしっかり彼女の胸に届いたらしい。

（うんうん、誤解が解けてよかったよかった——って、全然よくありませんわ！　ああ、なんてこと……裏切られるってわかっているのに、これ以上二人を仲良くさせてどうしますの⁉）

二人の楽しそうな会話を流し聞きつつ、わたくしはジル様の中で頭を抱《かか》えるのだった。

帰りの馬車の中で、ジル様はアリーシャからもらったハンカチを飽《あ》きもせずに眺《なが》めていた。ハンカチに縫《ぬ》いつけられた小さな青い花と白い花の刺繍はお世辞にも上手とは言えない出来栄《できば》えで、作った本人からすると、まじまじと見られると恥ずかしい。

ジル様はわたくしのがほしいと言ってくれたけれど、いざもらったらこんな下手な刺繍でがっかりしているんじゃないかしら？　と心配になって聞いてみる。

『そんなにそれがほしかったんですか？』

突然《とつぜん》動いた口にびくりと体を震わせたジル様は、少し遅《おく》れてから口元に笑みを浮かべて「ええ」と頷いた。

『……コーデリア様のを断ってまで？』

比較《ひかく》対象に出してしまったのは、どう見たってコーデリア様の刺繍のほうが出来が良かったからだ。

「どうしてコーデリア嬢が出てくるんですか」

『だって、どう見たってコーデリア様のほうがお上手だったではありませんか』

「たしかにコーデリア嬢の刺繍はお店で売っていても遜色《そんしょく》ない出来でしたけど、上手い下手はこの際どうだっていいんですよ。アリーシャが僕のために作ってくれたってことが大事なんです」

ジル様はそう言ってハンカチに刺繍された青い花をそっとなでると、ふと何かを思い出したように顔を上げた。

「そうだ、あなたにもお礼を言おうと思っていたんです。今日はありがとうございました」

『え？』

「アリーシャの居場所を教えてくれたでしょう？」

『べ、別にあなたのために教えたわけでは……』

わたくしはただ誤解したままのアリーシャが可哀想《かわいそう》だったから少し助言しただけ、そう自分に言い聞かせる。

（なによ。調子が狂《くる》うじゃない）

いなくなったアリーシャを学園中捜し回ってくれたり、ハンカチをもらって嬉《うれ》しそうにしたり――これじゃあ、まるでジル様がアリーシャ《わたくし》のことを好きみたいじゃないですか。

そこまで考えてから、ふとある可能性に思い至った。

もしかして、ジル様とコーデリア様はまだ恋人《こいびと》同士にはなってない……？　それならジル様がコーデリア様よりも婚約者であるアリーシャを優先するのも辻褄《つじつま》が合う。

本当のところどうなのかしらと聞いてみようかどうか迷っていると、「それにしても」

とジル様が先に口を開いた。

「どうしてあなたはアリーシャが中庭にいるとわかったのですか？」

『それ、は……』

わたくしは答えに詰まった。かつての自分がそうだったからとは言えるわけがない。どうにかして誤魔化さなければと言葉を探したわたくしは、『幽霊だけが使える特殊《とくしゅ》能力です』と苦しすぎる言い訳でその場を凌《しの》ぎ、肝心《かんじん》なことを聞きそびれてしまった。

✤✦✤✦✤

それから数日後の放課後。

コーデリア様につかまって教室を出るのが遅れたジル様は、アリーシャと一緒に帰る約束を取りつけるべく、教員室に向かった彼女の後を追いかけていた。

廊下の角を曲がったところで、ジル様がピタリと足を止めた。どうしたのかしら？　と思ったのも束《つか》の間《ま》、わたくしの目に信じられない光景が飛び込んできた。

『ええええ⁉』

思わず驚きの声をあげてしまって、その口をジル様に塞《ふさ》がれる。

だって、だって……アリーシャと金髪の青年がキスしていたんだもの。

いや、正確には少し屈《かが》んだ青年の顔にアリーシャの後頭部が重なって見えるのだけれど、ジル様の位置からはどう見てもキスしているようにしか見えない。

声を殺してよくよく観察して見てみると、相手はくせのある濃《こ》い金髪に琥珀《こはく》色の目をしたクラスメイトのライアン・ケルディ様だった。

(ええ!?　どういうことですの!?　こんなことありましたっけ!?)

半ばパニックになって、ぐるぐると思考をめぐらせ、過去の記憶を急いで掘《ほ》り起《お》こす。

(何でもいい。どんな些細《ささい》なことでもいいから何か思い出さないと……！)

この日のことを頑張《がんば》って思い出す。天地がひっくり返っても、ライアン様とキスしたなんてことはなかったはず――あ。

一つだけ思い当たることがあった。

そういえば先生から頼《たの》まれてノートを運んでいる途中《とちゅう》、運ぶのを手伝ってくれていたライアン様が急に目が痛いと言いだして目の具合を見たことがあったような気がする。わたくしの背丈《せたけ》ではよく見えなかったからライアン様には屈んでもらったのですが、もしかしてこれがそれかしら？

少しして、アリーシャとライアン様が何事もなかったかのように歩き出す。

「………」

ジル様はふらりと廊下の壁にもたれかかると、ずるずると座り込んでしまった。どうやらジル様は完全にアリーシャとライアン様がキスしたと誤解してしまったようだ。

そういえば、生前ある時からやけにジル様の態度がよそよそしくなったような気がする。もしかして、これが原因だったりするのかしら？　それでコーデリア様に気持ちが傾いたとか？

そんなことを考えていると、ジル様が絶望の滲《にじ》んだ声で呟いた。

「………そんな……アリーシャがライアンと浮気していたなんて……」

（浮気⁉）

確かにジル様から見たら二人がキスしたように見えたのかもしれない。けれど、わたくしはそれが絶対にありえないことだと知っている。

（このままではアリーシャに謂《いわ》れのない疑いがかかってしまいますわ！）

それは困る。浮気を疑われたままだなんて我慢《がまん》ならないと、わたくしはジル様に抗議《こうぎ》した。

『断じて違いますわ！　ぜったい、ぜーったい、ありえません！』

「どこが違うっていうんですか……今のはどう見たって……！」

みなまで言えずにジル様が拳を握りしめる。

だめですわ……わたくしが何を言ったところで到底《とうてい》信じてもらえない。

『でしたら、直接確かめてみたらよろしいでしょう！』

「………無理言わないでください。あんなの見た後で直接聞くなんて、僕には……」

『あんなの、ただの見間違《みまちが》いかもしれないじゃないですか！　ジルベルト様はあの子が婚約者がいる身でありながら他の男性に現《うつつ》を抜かすような子だとお思いなのですか⁉』

ジル様ははっと顔を上げた。ジル様の目は遠ざかっていくアリーシャとライアン様の背中を捉え、すくりと立ち上がった。

「違います。アリーシャは……僕のアリーシャは絶対にそんなことはしません！」

そうして力強く一歩を踏《ふ》み出したジル様は、二人の背後に向かって呼びかけた。

「アリーシャ！　ライアン！」

ジル様の呼びかけに二人が振り返った。ジル様を見たアリーシャの顔が綻《ほころ》ぶ。

その表情からはどう見ても浮気現場を見られてしまったというような後ろめたさは欠片《かけら》ほども感じられなかった。

いつも通りのアリーシャの様子に、ジル様の体から少し力が抜けるのがわかった。そうしてジル様が本題を切りだそうと口を開きかけた時、ライアン様がしめた！　という顔でアリーシャとジル様の間に割り込んできた。

「なぁ、ジルベルト。運ぶの代わってもらっていいか？　さっきから目が痛くて……医務室に診てもらいに行きたいんだ」

ジル様が呆気《あっけ》にとられたように「ああ」と承諾《しょうだく》すると、ライアン様は「助かる！」と言って両手に持っていたノートをジル様に手渡《てわた》した。

足早にその場を去っていくライアン様の背中を見送ってから、アリーシャと顔を見合わせる。

「目が、痛くて……？」

「そうなんです。ノートを運ぶのを手伝ってくださっていたのですが、急に目が痛くなってしまったみたいで……先ほど目に何か入っていないか見てみたのですけど、特に何か入っているようには見えなくて……」

「そう……でしたか……」

ジル様はぎこちなく相槌《あいづち》を打って安堵《あんど》の息をついた。どうやら誤解だとわかってもらえたようで、わたくしもジル様の中で安堵の息をつく。

ノートを提出し終えて教員室を出ると、アリーシャが丁寧にお辞儀《じぎ》をした。

「ありがとうございました」

「いえ。そういえば、ライアンとは途中で？」

「はい。うっかりノートを廊下にばら撒《ま》いてしまって。拾うのを手伝ってくださったんです」

「……………なんだ、そういうことだったんですね」

「え？」

「いえ、何でもありません。今度から荷物を運ぶときは呼んでください。僕がいつでも手伝いますから」

きょとんと首を傾《かし》げたアリーシャに、ジル様は小さく頭《かぶり》を振って笑みをこぼした。

「そういえば、ジル様は大丈夫《だいじょうぶ》ですか？　何かご用があったのでは？」

「あ！　そうでした。あなたを誘いに来たんです――今日、一緒に帰りませんか？」

当初の目的を思い出して、ジル様がアリーシャに一緒に帰らないかと誘うと、彼女は嬉しそうな顔をして二つ返事で頷いた。


アリーシャをお屋敷に送り届けた後、二人きりになったタイミングでジル様から声をかけられた。

「先ほどはありがとうございました。あなたのおかげで変な誤解をせずにすみました」

言われてから、自分が意図せず二人の仲を取り持つ手助けをしてしまったことに気づいた。

浮気されたと思われたままなのは癪《しゃく》だと思ったけど、わたくしってばまた二人の仲を取り持つようなことをしてしまいましたわ……。

項垂《うなだ》れるわたくしのことなんて知る由《よし》もなく、ジル様が上機嫌《じょうきげん》に続ける。

「先日もアリーシャとのことで助けてくださいましたし、実はあなたは天が遣わしてくれた守護霊なのではないかと思えてきました」

都合のいい解釈《かいしゃく》に脱力感《だつりょくかん》を禁じ得ない。

むしろ仲違《なかたが》いさせるつもりだったんですけどとは言えなくて、わたくしは力なく笑い返すことしかできなかった。

それと同時にジル様が好きなのはやっぱりアリーシャなのだと確信した。

ここ数日のすれ違《ちが》いをきっかけに、わたくしは今まで何か大きな間違いをしていたのかもしれないと思うようになっていった。

3章　アリーシャの誕生日

それから二か月ほど経《た》ったある日の休日。

この頃《ころ》になると、わたくしとジル様との関係は最初ほど険悪なものではなくなっていた。ジル様が浮気《うわき》をしていないことがわかったので、今はひとまずコーデリア様の挙動を警戒《けいかい》しつつ、ジル様とアリーシャのことを見守る毎日だ。

この日は、町で買い物がしたいというジル様にくっついて小さな雑貨屋に来ていた。

ジル様は雑貨屋の店内をぐるりと見て回ると、今度はアクセサリー店に立ち寄った。

煌《きら》びやかなアクセサリーを前に腕《うで》を組んで「うーん」と考え込むジル様。

周囲に誰《だれ》もいないことを確認《かくにん》した上で何を探しているのか小声で尋《たず》ねてみると、ジル様は視線を宙に漂《ただよ》わせたあとで思い切ったように口を開いた。

「女性って、どんなものを贈《おく》られたら嬉《うれ》しいと思います？」

『…………はい？』

何の前触《まえぶ》れもなく投下された発言に目を瞬《まばた》く。

（ん？　女性が贈られたら嬉しいもの？）

きょとんとしてしまったわたくしの反応に、説明が足りなかったと思ったのかジル様が慌《あわ》てて付け加える。

「アリーシャの誕生日プレゼントなんですけど……」

『アリーシャの、誕生日プレゼント……』

意外な内容に思わずジル様の言葉を反芻《はんすう》する。

言われてみれば、もうすぐわたくしの誕生日がきますわね。

ジル様は学園卒業という節目の年に何を贈るかを決めかねているという。何を贈ったら喜んでもらえるだろうと真剣《しんけん》に頭を悩《なや》ませるジル様の姿に、胸《むね》の奥がじんわりと温かくなる。相手がわたくしでないとわかっていても、アリーシャに対してそう思ってくれることが嬉しくて、気分がよくなったわたくしはこのまま悩めるジル様の相談に乗ってみることにした。

贈られる相手が過去の自分ということもあって、多少なりとも力になれる自信があった。

要は自分がもらって嬉しいと思うものを教えればいいのだもの。

ほしいもの。ジル様からもらって嬉しいもの――自分が喜びそうなものを思《おも》い浮《う》かべてみる。

ほしいものはいろいろあった気がするけれど、プレゼントでもらいたいというほどのものではなくて、これといったものが思い浮かばない。

急に聞かれると、ほしいものって案外思い浮かばないものですわね。

何か参考にできるものはないかと、今までジル様からいただいたプレゼントはどうだったかしらと記憶《きおく》を振《ふ》り返《かえ》ってみる。ブローチに髪飾《かみかざ》り、ブレスレット。婚約《こんやく》してからいただいたものはどれも可愛《かわい》らしくて趣味《しゅみ》の良《い》いものだったから、わたくしが意見を言わなくても問題ないように思えた。

ジル様がどんなふうにプレゼントを選んでくれたのかを見てみたくて、わたくしはジル様に任せてみることにした。

『ジルベルト様が選んだものでしたら、どんなものでも喜んでもらえると思いますわ』

自信をもって好きに選んでくださいと伝えると、ジル様は店内をぐるりと見回したあと、大きなハート形をした髪飾りを手に取った。

(それ!?　よりにもよって、それですの!?)

「これくらい大きなハートなら、僕の気持ちも伝わるでしょうか？」

『…………』

ジル様ははにかむように口元を緩《ゆる》ませたけれど、こちらは大いに反応に困っていた。

(…………これ、主張が強すぎてお洋服に合わせるのが大変そうですわね)

もらったからにはちゃんとつけたいので、できればもう少し控《ひか》えめなもののほうがありがたい。今までジル様からもらったプレゼントで困ったことはなかっただけに、どうしてこうなってしまったのかしらと少しばかり遠い目をした。

参考までに今までどうやって選んでいたのかを尋ねると、店員さんから人気の商品を紹介《しょうかい》してもらっていたことが判明した。

せっかくジル様が選んでくださったのに、別のものを選び直したほうがいいとは言い出しにくい。これはもうアリーシャに髪飾りに合うお洋服を探してもらうしかないだろう。

そんなことを思っていると、ジル様の視線が別の髪飾りに釘付《くぎづ》けになった。

四つ葉のクローバーとジル様の瞳《ひとみ》と同じ色の石があしらわれた髪飾り――それを見た瞬間《しゅんかん》、生きていた頃《ころ》の記憶がフラッシュバックしてきた。

(――これ、前にジル様からいただいたものですわ)

ジル様は手にしていたハートの髪飾りを置いて、四つ葉のクローバーの髪飾りをすくい上げると、店員さんに声をかけて代金を支払《しはら》った。

以前わたくしがもらった髪飾りも、こうやってジル様が選んでくださったのかしら?

先ほどのジル様と同じように真剣にプレゼント選びをしていたかもしれない当時のジル様を想像して、わたくしはくすりと口元を綻《ほころ》ばせた。

昔の思い出をそっと胸にしまって大通りを歩いていけば、わたくしが生前よく通っていた本屋さんが目に入った。懐《なつ》かしさに思わず『あ』と声をもらしてしまい、ジル様の足が止まる。直接言ったわけでもないのに、ジル様はわたくしの気持ちを察してくれて、「寄ってきましょうか」と立ち寄ってくれることになった。

店の中に一歩足を踏《ふ》み入《い》れると、大通りの喧騒《けんそう》は静まり独特の本の匂《にお》いが鼻をかすめた。

（懐かしい……）

ジル様に頼《たの》んで恋愛《れんあい》小説のコーナーに足を運んでもらうと、昔ほしかった本のタイトルが目に入った。

『ああ！　前に買い損《そこ》ねた本……！　こちらも！　買ったけど続きを読まないままでしたのよね！』

大量の本を前にわくわくが止まらない。ジル様がふっと笑った。

「どれがいいですか？」

『え？』

「相談にのっていただいたお礼に一冊プレゼントさせてください」

『よろしいのですか⁉』

「ええ。あなたのおかげで僕もいいものが買えましたし、そのお礼です」

『えっと、えっと……』

どれにしましょう……。買い損ねた本にするか、前に読んでいた本の続刊にするか……本棚《ほんだな》を前に目移りしてしまう。悩んでいると、本棚を見つめたままのジル様が口を開いた。

「あなたは、どんな本が好きなんですか？」

『えっと、そうですわね……いろいろ好きですけど、恋愛小説ですと……一番下の左から二番目の【ななつのお願い】とか、上から三段目にある【青薔薇姫《あおばらひめ》】も好きでしたよ……でも、そうですね……』

一番好きな本は――。

わたくしはジル様に二つ先の本棚に移動してもらって、その視界から目的の本を探した。

『……下から三段目の右から五番目の本』

「【アーティアス聖戦】？」

『ジル様。わたくし、この本がいいです』

ずいぶん前に刊行されたその本は、買われずに長いことそこにあったせいか背表紙が少し色褪《いろあ》せていた。横に並ぶ真新しい本と見比べながら、ジル様が本当にこれでいいのか確認してくる。

わたくしは少し色褪せてしまった本を見つめて小さく頷《うなず》いた。

『わたくしの一番好きな本なんです』

戦《いくさ》によって国を追い出されたお姫《ひめ》様が、敵国の王子様といがみ合いながらも心を通わせて国を取り戻《もど》していく王道の物語。どんな絶望の中にいても決して折れないお姫様の姿に心を打たれて以来、何度も読み返してきた本だった。

久しぶりに読みたいと思っていたし、それに何よりジル様と一緒《いっしょ》に読んでみたかった。

お気に入りの本を買ってもらって弾《はず》んだ気持ちで屋敷《やしき》に帰ってきたわたくしは、ジル様がアリーシャのプレゼントを机の引き出しにしまおうとしているのを見て、ふと疑問を抱《いだ》いた。

（そういえば、どうして四つ葉のクローバーに変えたのかしら？）

あんなに気に入っていたハート形の髪飾りを手放した理由を、今聞いたら教えてくれるでしょうかと、ドキドキしながらジル様に声をかけてみる。

『あの、一つ聞いてもよろしいですか？』

「なんです？」

『どうしてそれをお選びになりましたの？』

ジル様は綺麗《きれい》にラッピングされた箱に視線を落として目を細めると、引き出しをそっと閉めて答えた。

「僕にとってはアリーシャとの大事な思い出、だから……かな」

『アリーシャとの、思い出……ですか』

そういえば、アリーシャの手紙が保管されていた引き出しの中に樹脂《じゅし》でできた四つ葉のクローバーのペーパーウェイトが入っていた気がする。あれも思い出の品なのかもしれない。

けれど、わたくしにはどうしても自分と四つ葉のクローバーを結びつけられずにいた。

一体いつ、どこで？

子どもの頃ならいざ知らず、ジル様と出会った頃はすでに野原でクローバーを探すような歳《とし》ではなかったはずだ。必死に思い出そうとしていると、ジル様が自嘲《じちょう》気味に笑った。

「思い出とはいっても、彼女は忘れていますからこれは僕の自己満足ですね」

『忘れてる……？』

「もうずっと昔のことですし、アリーシャが覚えていなくても仕方がないんです。思い出すきっかけになってくれたらと思うあたり、ちょっと女々《めめ》しかったですね」

『ちょ、ちょっと待ってください！』

「ん？」

『そ、そのお話、くわしく聞かせていただけませんか⁉』

このままだと話が終わってしまうと思って、わたくしは慌ててジル様を引き留めた。

なんとしてもアリーシャ《わたくし》が忘れてるという話を聞かなくては。

ジル様から小さく笑うような気配が伝わってくる。

「そんな大層な話じゃありませんよ？」

『それでもいいです！　聞かせてください！』

わたくしが重ねてお願いすると、ジル様はプレゼントをしまった引き出しとは別の引き出しを開けて、中から四つ葉のクローバーのペーパーウェイトを取り出した。樹脂でできた小さなそれを夕日にかざしたジル様は、昔を懐かしむように話しだした。

「あれは僕が七歳の頃、母に連れられてレイ家のお茶会に行ったときのことです。母たちと座っているのに飽《あ》きてしまった僕が中庭に行くと、花冠《はなかんむり》を上手《うま》く編めないと言って泣いている女の子がいました。それが、アリーシャでした」

『七歳……』

そういえば、確かわたくしもお母様に連れられて何度かどこかのお家《うち》のお茶会に参加したことがありましたわね。

お茶会に飽きてしまうと、お母様たちから中庭で遊んでおいでと言われて、人様のお屋敷の庭で当時友人たちの間で流行《はや》っていた花冠を作っていましたっけ。手先が不器用すぎて上手く編めるようになるまでだいぶ時間がかかりましたが。

どうやらジル様はそんな折に幼いわたくしと出会ったようだ。

思い返してみれば、確かに一緒に花冠を作ってくれた男の子がいたような気がする。

（もしかして、それがジル様でしたの……？）

わたくしはジル様のお話からさらにヒントを得ようと耳を澄《す》ました。

「上手くできないと泣いている彼女の姿が妹に重なって、なんだか放っておけなくて一緒に作ることになったんです。アリーシャは何度も失敗しながらも最後まで諦《あきら》めずに花冠を作り上げました。その時、一緒に作ってくれたお礼にと、アリーシャから四つ葉のクローバーをもらったんです」

『………』

「その頃に比べたら、ずいぶん器用になったと思いませんか？」

ジル様はペーパーウェイトを引き出しの中に戻して、今度はその隣《となり》にしまってあった刺繍《ししゅう》のハンカチを取り上げた。壊《こわ》れ物《もの》に触《ふ》れるかのようにハンカチの刺繍部分をなでたジル様が口元に笑《え》みを浮かべる。

『そんなに前から、ずっと……？』

思いもよらなかった昔話に声が震《ふる》えた。

信じられない思いで尋ねれば、ジル様は目を閉じて小さく頷いた。その瞼《まぶた》の裏に何が映っているのかはわからない。けれど、ジル様の声はとても優《やさ》しい色をしていた。

「ええ、あの頃からずっと想い続けてきました。学園に入ってアリーシャと再会した時、彼女が僕のことを覚えていなかったのはショックでしたが、彼女は変わらずに努力家で笑《え》顔《がお》の素敵《すてき》な女性でした。だから、誰かにとられる前に彼女に婚約を申し込んだんです」

『で……では、わたく……アリーシャとは政略結婚《けっこん》ではありませんでしたの⁉』

「そうですよ。もちろん、親を納得《なっとく》させるために両家にメリットがあるようにいろいろと手は回しましたけど」

　当時のことを話すジル様は楽しそうだ。けれど、わたくしはその真実を知って涙《なみだ》が出そうになった。

（わたくし、ずっとジル様との結婚は家同士が決めたことだと思っていましたわ……）

『どうして、それをあの子に伝えてあげませんの？　あの子はあなたとの結婚を家同士が決めたものだと思っていますのよ』

「………何度か伝えようとしました。でも、昔の話をしてアリーシャが思い出してくれなかったらと思ったら、怖《こわ》くて言い出せなくて――それに僕……再会したばかりの頃、忘れられてたのがショックで彼女にそっけない態度を取ってしまったんです。そんな僕が幼い頃から好きでしたなんて言っても説得力がないでしょう？」

『それは……』

「婚約してから仲を深めていけばいいと思っていたけど、アリーシャが僕を好意的に見てくれるのは僕が婚約者だからで――僕はずっとアリーシャを好きだったけど、彼女はそうじゃない。それがわかるからこそ、時々お互《たが》いの思いの強さに温度差を感じることがあるんです。僕だけがこんなにアリーシャのことが好きなのが知られたら引かれてしまうかもしれない。それなら、いっそ政略結婚だと思われていたほうがいいと思――」

『そんな！　わたくし引いたりなんかしませんわ！』

ジル様が言い終わる前に反論する。びっくりするとは思うけど、絶対に引いたりしないって断言できる。

「あなたが引かないからといって、アリーシャが引かない確証はないじゃないですか」

言い返されてぐっと押し黙る。

確証ならある。だって、アリーシャはわたくしだもの。

けれど、ジル様はわたくしがアリーシャだということを知らない。そんなわたくしが断言したところで信じてもらえるはずがない。

なにか……何かないかしら。何かアリーシャの気持ちを伝える方法は——。

ふとジル様の手の中にあるハンカチの刺繍に目が行った。少し歪《ゆが》んだナズナとブルースターの花が刺繍されている。花言葉は【あなたにわたくしのすべてを捧《ささ》げます】それから【幸福な愛】、【信じ合う心】——わたくしはかつてこれを作る際、政略結婚からでもかまわないから愛し合えるような夫婦《ふうふ》になりたいという願いを込《こ》めた。

間違《まちが》いなく、今世のアリーシャも同じ願いを刺繍に込めたはず……これなら信じてもらえるかもしれない。

『——その刺繍……』

「刺繍?」

『ナズナとブルースターというお花なんです』

「ナズナとブルースター……？」

『花言葉は【あなたにわたくしのすべてを捧げます】それから【幸福な愛】、【信じ合う心】――アリーシャはたしかにあなたとの結婚は家同士が決めたものだと思っています。けれど、結婚をきっかけに愛し合えるような間柄《あいだがら》になりたいと、そう願っていますのよ』

「そうだといいのですが……」

『このわたくしが言うのですから間違いありませんわ！』

力強く断言すれば、ジル様がくすりと笑った。

「あなたのその自信はどこから来るんですか」

『だってそれは……！』

わたくしがアリーシャだから――そう言いそうになって慌てて口を閉じた。危ない危ない。まだジル様に正体を知られるわけにはいきませんもの。

「それは？」と首を傾《かし》げたジル様に、わたくしは『幽霊《ゆうれい》の直感です』と言って誤魔化《ごまか》した。

そのあと、ジル様は学園で再会してからのわたくしとの思い出を話してくれた。

わたくしも覚えているものからすでに忘れてしまった些細《ささい》なものまで、わたくしとの思い出を話すジル様はとても生き生きしていて、そこにコーデリア様の影《かげ》はなかった。

この時間に戻ってきてからずっと抱《いだ》いていた違和感《いわかん》の正体はこれだったのだと確信した。

ジル様は間違いなくコーデリア様と浮気なんてしていなかった。

……では、なぜ？　どうしてわたくしはジル様から婚約破棄《こんやくはき》されてしまったの？

脳裏《のうり》に刻まれて忘れることができないあの日の——婚約破棄された日の嫌悪感《けんおかん》に満ちた表情をしたジル様に、心の中で問いかけた。

✤・✤・✤

ジル様がクローバーの髪飾りを買って一週間。とうとうアリーシャの誕生日がやってきた。といっても、平日なので普通《ふつう》に学校がある。

ジル様はいつも通り制服に袖《そで》を通して身支度《みじたく》を終えると、最後に机の引き出しを開けてアリーシャへのプレゼントを鞄《かばん》に入れた。

今日は放課後に町に出てパンケーキを食べに行く約束をしている。

ジル様的には帰《かえ》り際《ぎわ》にプレゼントだけ渡《わた》せればいいと思っていたみたいだけれど、さすがにそれだけでは情緒《じょうちょ》がなさすぎると思って、ジル様にアリーシャを町に誘《さそ》うようにアドバイスしたのだ。

そんなジル様ですが、一見普段《ふだん》と変わらないようでも結構うきうきしているのがわかった。

いつも以上にアリーシャのことを盗《ぬす》み見《み》ていたし、いつもと違《ちが》ってノートを取る手もどこかそわそわしていて、宙に漂わせたペンでアリーシャと書いているのも見てしまった。

こんなに可愛らしい人だったなんて、前は全然気がつきませんでしたわ。

わたくしはそんなジル様の様子を微笑《ほほえ》ましく見守っていた。


放課後。

ジル様とアリーシャは真新しいカフェにやってきた。最近できたばかりだというカフェは、クラスの女の子たちの間で話題になっていて、ファンシーな感じにまとめられた店内は明るくて可愛らしい印象を受けた。

「可愛らしいお店ですね」

テーブルを挟《はさ》んで向かいに座るアリーシャが周囲を見回してにっこりと微笑んだ。そんなアリーシャの反応に安心したのか、ジル様の肩《かた》から力が抜《ぬ》けたのがわかった。できたばかりのお店だから心配していたけれど杞憂《きゆう》だったようだ。

気に入ってもらえてよかったと胸をなでおろしながら、向かいに座るアリーシャの様子をうかがってみる。彼女は店内の観察を終えると、テーブルの上に置かれたメニュー表に視線を落とした。ジル様はテーブルに頬杖《ほおづえ》をついて、にこにことその様子を眺《なが》めている。

ジル様、どれだけアリーシャが好きなのかしら。

というか、わたくしもわたくしですわ。こんなに熱い視線を送られておきながら、なぜ全く気がつかないのかしら。鈍感《どんかん》にもほどがありましてよ、わたくし。

こうして第三者側に回ると周りの状況《じょうきょう》を冷静に見れるから不思議ですわね。

ジル様が一向に下を向いてくれないせいで手元にあるメニュー表が見えず、仕方なくアリーシャが見ているものを反対側から覗《のぞ》かせてもらう。

ふと、ジル様がアリーシャに尋ねた。

「アリーシャは何にします？」

「え？　ええと、そうですわね……どれも美味《おい》しそうですが……このベリーがたくさんのったものにしようかと」

メニュー表の挿絵《さしえ》を指さして答えたアリーシャに、思わず『やっぱり！』と言いそうになった。

彼女が選んだのはわたくしが一番食べたいものだった。好みが一緒だから選ぶものも被《かぶ》ってしまうらしい。

「ジル様は？」と聞き返されて、ジル様の視線が手元のメニュー表に落ちる。ドリンクのラインナップを一通り見た後、ジル様が「僕はコーヒーだけで」と答えたのを聞いて耳を疑った。

（コーヒーだけ⁉　せっかくこんなに可愛らしいお店に来たのに、コーヒーだけとかどんな拷問《ごうもん》ですの⁉）

パンケーキが食べたい一心で抵抗《ていこう》を試みる。

『──コーヒーだけと思いましたが、やっぱりこのスフレ生地《きじ》のものを頼もうかと』

「まぁ！　ジル様もやっぱり気になりました!?」

わたくしが二番目に気になったスフレ生地のパンケーキを頼もうとしているのを知って、アリーシャは胸の前で手を合わせて興奮気味に声を上げた。

スフレ生地に食いつくとは、さすがはわたくし。

アリーシャのキラキラした眼差《まなざ》しを受けたジル様は、勝手に注文を増やしたわたくしに文句を言えなくなってしまい、コーヒーとスフレパンケーキを頼んでくれた。

そうして運ばれてきたパンケーキはどちらもなかなかのインパクトだった。

色とりどりのベリーがたくさんのったアリーシャのパンケーキは、四段に重ねられた薄《うす》めの生地の上に生クリームとベリーソースがたっぷりとかかっていて見ただけで食欲をそそられた。

「んー！　美味しいですね、ジル様！」

一口食べたアリーシャが頬《ほお》を押さえてうっとりとした。

一方のジル様も厚めのスフレ生地のパンケーキが二枚重なったものをナイフで切り分けて口元に運んだ。口に入れた瞬間、シュワッと溶《と》けてなくなった。感覚が鈍《にぶ》くなったとはいえ、体を共有するわたくしにもわずかながら甘みと香りが伝わってくる。

（んー！　味は薄いけど十分美味しいですわ！）

久しぶりのパンケーキの味に幸せを噛《か》みしめていると、ふとアリーシャがちらちらとこちらを見ているのに気がついた。

何かしら？　と思って視線を追ってみれば、彼女の視線はジル様の食べているパンケーキに注がれていた。それだけでわたくしには彼女がどうしたいのかわかってしまった。

アリーシャの前で勝手にしゃべらないでほしいとは言われているけど、ほんの少し彼女の気持ちを代弁するだけと思って口を開く。

『アリーシャ、食べたいのですか？』

ジル様の口を借りてアリーシャの言いたいことを代弁すると、彼女ははしたないと思ったのか顔を真っ赤に染めて首を左右に振った。

（ふふ、図星ですか。そうですか、食べたいですか。というかですね、アリーシャ。わたくしもあなたの食べているパンケーキが食べたいのですが）

どうしたら食べさせてくれるかしらと次なる言葉を繰《く》り出《だ》す。

『僕もアリーシャのを食べてみたいのですが、一口交換《こうかん》しませんか？』

「なっ⁉」

「ふぇっ⁉」

ジル様とアリーシャが全く同じ反応をして固まった。ジル様はそこで反応してはダメでしょう。

今だけは邪魔《じゃま》されたくなくて、わたくしはジル様の妨害《ぼうがい》が入る前に口を開いた。

『すみません。あなたがあまりにも美味しそうに食べているものだから……いえ、ダメなら仕方な――』

「ダメじゃないです！　わわ、わたくしもジル様のものを食べてみたかったので、よろしければ交換していただけると嬉しいですわ！」

ダメ元での発言にいい返事をしてくれるかどうかは五分五分でしたが、なんとかいい返事を引き出すことに成功したようだ。

（やりましたわ！　ジル様、あとは頑張《がんば》って！）

緊張《きんちょう》したアリーシャが覚悟《かくご》を決めたようにナイフとフォークを使ってパンケーキを切り分ける。

「では、わたくしから……ジル様、どうぞ」

耳まで赤く染めたアリーシャがパンケーキの刺《さ》さったフォークをこちらに差し出してくる。その様子に、ジル様がごくりと喉《のど》を鳴らした。

「い、いただきます……」

やや緊張気味にジル様が口を開くと、アリーシャが座っていた椅子《いす》から少しだけ腰《こし》を上げてジル様の口にパンケーキを運んでくれた。

ほのかなベリー風味くらいしかわからなかったけど、それでも一口なのが惜《お》しいと思うくらい美味しかった。

わたくしが噛みしめるように味わっていると、ジル様がアリーシャに食べさせるためのパンケーキを切りにかかった。それを同じようにアリーシャの口に運んであげると、彼女は目を輝《かがや》かせて左手を頰に当てた。

「んっ！　やっぱりこちらも美味しいです！　一口なのが惜しいくらいですわ」

「でしたら、もう一口どうぞ」

「わ、わたくし、そんなつもりじゃ――」

ねだるつもりじゃなかったと顔を真っ赤に染めてわたわたするアリーシャに、ジル様がもう一口分切り分けたパンケーキを差し出す。引っ込みがつかなくなったアリーシャがもう一口食べて、ジル様とはにかむように笑いあう。

ああ、なんて素敵な日……。

わたくしも一歩踏み出していたら、ジル様とこんな未来があったのかしら？

少しだけ切なく疼《うず》いた心を誤魔化すように、わたくしはジル様が口に運んでくれたパンケーキを味わうように噛みしめた。

楽しい時間はあっという間に過ぎて、わたくしたちを乗せた馬車はメイベル家のお屋敷

に到着《とうちゃく》した。

ジル様が先に外に出て、中にいるアリーシャに向かって手を差《さ》し伸《の》べる。アリーシャはジル様の手にそっと自分の手を重ねると、ゆっくりとタラップを下りてくる。しかし、最後の一段を踏み外《はず》してアリーシャの体が前方にバランスを崩《くず》した。

「キャッ！」

「アリーシャ！」

ジル様が重ねたままになっていたアリーシャの手をとっさに握《にぎ》って自分のほうに引き寄せた。もう片方の腕で彼女の腰を支えて、抱きしめるような形で事なきを得る。

どちらからともなく安堵《あんど》の息をついてから、近すぎる距離《きょり》に慌てて体を離《はな》した。

「す、すみません！」

「いえ、こちらこそ……怪我《けが》はありませんか？」

「はい、ジル様が抱きとめてくださったおかげでなんともありませんでしたわ」

くるりとターンして怪我がないことをアピールするアリーシャに、ジル様の頬が緩む。

「よかった――――あ、そうだ。渡《わた》しそびれるところでした」

はっとなったジル様が一度馬車の中に入っていき、小さな箱を手に戻ってくる。

手のひらに収まるくらいの小さな箱は、アリーシャに今日渡すはずだった誕生日プレゼントだった。濃《こ》い緑のリボンが結ばれた淡《あわ》い緑色の小箱をアリーシャに手渡して、ジル様が微笑んだ。

「改めて、誕生日おめでとうございます。アリーシャ」

「わぁ！　ありがとうございます！　――開けてみてもいいですか？」

「どうぞ。気に入っていただけるといいのですが……」

ジル様が緊張しているのが伝わってくる。

リボンがほどかれ、小箱の蓋《ふた》が開けられると、そこには数日前と寸分違わぬ四つ葉のクローバーの髪飾りが鎮座《ちんざ》していた。アリーシャは壊れ物を扱《あつか》うように髪飾りをすくい上げると、弾《はじ》けるような笑顔をジル様に向けた。

「とっても素敵です！　大切にしますね！　せっかくですから今つけてもいいですか？」

「僕がつけますよ――うん、よく似合ってます」

「ふふっ、ありがとうございます」

ジル様につけてもらった髪飾りをそっと指で触れて、アリーシャがはにかむように笑いかけてくる。

生前のわたくしもおそらく目の前のアリーシャと全く同じ反応をしたはずだ。

やはり四つ葉のクローバーの思い出話に触れられることはない。

それはつまり、目の前のアリーシャも幼い頃のことを思い出さなかったということを意味していた。

気づかれない程度にジル様の眉尻《まゆじり》が下がったのがわかったけれど、アリーシャがそれに気づいた様子はない。ジル様は無理に思い出させるようなことはしないと言っていたので、きっとこのままアリーシャに四つ葉のクローバーの真相が語られることはないだろう。

わたくしが何かきっかけを作ってあげられたらよかったのだが、先日ジル様から思い出話を聞いてもぼんやりとしか思い出せなかった。きっと少しヒントを出したくらいでは思い出すことは不可能だろうと思い、あえて何も言わずに二人を見守るだけにとどめた。

アリーシャと別れた後の馬車の中はとても静かだった。

馬車の小窓に映るジル様の顔はどこか寂《さび》しそうで、なんとかして励《はげ》ましてあげたかった。けれど、どんな言葉も今のジル様には届かないような気がして、浮かんだ言葉は喉元《のどもと》につかえたまま言葉にできなかった。

アリーシャが覚えていない分、代わりにわたくしが覚えているから……だからジル様、そんなにがっかりしないで。

ねぇ、ジル様。ずっと気づかなくてごめんなさい。

浮気してるなんて疑ってごめんなさい。

わたくし、こんなにあなたから想《おも》われていたなんて知りませんでしたの。

たくさんの言葉が浮かんでは消えていく。

こんなに想ってくださる方と結婚できていたらどんな未来になっていただろう。

時を遡《さかのぼ》ってきた当初はどうやってアリーシャから婚約破棄を突《つ》きつけさせようかと思っていたけれど、今の二人を見ていたら自分がしようとしていることがひどく間違っているように思えて仕方がなかった。

過ぎ去ったあの日、どうして婚約破棄を言い渡されたのかは未《いま》だにわかっていない。

けれど、もし婚約破棄されなかったら——？

わたくしはその先の未来を見てみたいと思ってしまった。

この日、わたくしは二人が別れる未来ではなく、婚約破棄されない未来を応援《おうえん》しようと心に決めた。

✤✦✤✦✤

正体不明のご令嬢《れいじょう》の幽霊に取り憑《つ》かれてからもうすぐ三か月。相変わらず僕の中から彼女に出ていってもらう方法は見つかっていない。

正直、こんなに長い期間一緒にいることになるなんて、誰が想像できただろう。

取り憑かれて間もない頃は、記憶障害を起こしている彼女に婚約破棄された相手と間違われて、『嘘《うそ》つき』とか『裏切り者』とか身に覚えのないことを言われて腹を立てていることもあったけど、アリーシャの誕生日プレゼントを買いに行ったあたりから、彼女はなぜだか僕とアリーシャの仲を取り持ってくれるようになった。

彼女に言わせると、僕は乙女心《おとめごころ》というものがわかっていないらしい。

乙女心を養うために恋愛小説を読んでみてはどうかと勧《すす》められた。本当にそんなもので乙女心が養えるのかと思ったが、アリーシャも読んでいる本だと言われて渋々《しぶしぶ》ながらも読んでみることにした。

だいぶ前に、アリーシャが読んでいるという本を読んでみたことはあるものの、その時は何が面白《おもしろ》いのかさっぱりわからず、アリーシャが楽しそうに本の話をするのを聞ければいいかと読むのを諦めてしまった経緯《けいい》がある。今なら面白さがわかるだろうかと思ったが、世の女性がこれのどこにときめきを感じるのかはわからないままだった。

僕の中にいる彼女によると、それこそが乙女心をわかっていない証拠《しょうこ》だと恋愛小説の様式美なるものを解説された。

そして今、僕はなぜだか鏡に向かって壁《かべ》ドンなるものの実践《じっせん》をさせられている。

「本当にアリーシャもこんなことをされたいと思っているのですか？」

半信半疑で尋ねれば、彼女はなぜだかとても自信満々に頷いた。その自信はどこからくるんだろうと思いながら、全身が映る鏡に手をついて、彼女の指示のままに小説の一文を口にする。

「【逃《に》げないで。僕の目を見て答えてください】」

『……っ』

僕の中にいる彼女が息をのむのがわかった。今のは及第点《きゅうだいてん》くらいもらえただろうかと評価を尋ねてみる。

「あの……？」

『あ、いえ、ものすごい破壊力《はかいりょく》でしたわ』

「………これ、本当にアリーシャにも効果があるのですか？」

思わず口を衝《つ》いて出た疑念に、僕の中にいる彼女は『わたくしがときめいたのですから、間違いなくときめきます！』と太鼓判《たいこばん》を捺《お》した。

今度は違うシチュエーションでやってみましょうと言われ振り返ったところで、少し開いたままになっていたドアの隙間《すきま》からチャーリーがこちらを見ているのに気づいた。

「っっっ！　チャーリー!?　いつからそこに!?」

(いや、そもそもどこから見られていた!?)

慌てて言い訳を探したけど、いかんせんテンパりすぎて考えがまとまらない。

言い訳が思い浮かばずに身動きできずにいると、チャーリーがゆっくりとした動作でドアを開けて手紙を差し出してきた。

「申し訳ございません。旦那《だんな》様からのお手紙をお渡しに伺《うかが》ったのですが、なにやらお取り込《こ》み中のようでしたので、こちらで控えさせていただいておりました」

なんだろう、眼差しがとても生暖かい気がする。これは全部見られていたと思っていいだろう。もはやどんな言い訳をしても無駄《むだ》だなと諦めて自嘲すると、部屋を出ていこうとしたチャーリーが僕を振り返って穏《おだ》やかに微笑んだ。

「ジルベルト様。そんなに気負わなくても自然体でいいのですよ」

それだけ言い残して、部屋のドアが閉じられる。

今度こそちゃんとドアが閉まったかを確認してから、ボスンとベッドに倒《たお》れ込んだ。

（…………疲《つか》れた）

ごろりと体を転がして仰向《あおむ》けになると、ふよっと口が動いた。

『さすがチャーリーさん。ご年配の方がおっしゃると説得力がありますわね』

「…………はぁ、もう絶対壁ドンなんてやりませんからね」

『あら、残念。効果絶大だと思いましたのに――でも、確かにチャーリーさんの言う通り、ジルベルト様はもっと自然体なアプローチでいいのかもしれませんわね』

僕の中にいる彼女はチャーリーの意見を取り入れて、次なるアプローチの方法をあれやこれやと考え始めている。

方法はともかく、あからさまに協力的になった彼女の様子に戸惑《とまど》いを覚えた僕は、どういう風《ふ》の吹き回しなのか尋ねてみることにした。

「あの、聞いてもいいですか？」

『なんですか？』

「どうして僕とアリーシャのことを気にかけてくれるのですか？」

『えっと……』

彼女から答えに困っているような空気を感じて、ベッドを起き出して机に移動する。机の上に手を組んだまま顔を上げて、窓ガラスに映る自分の姿を観察してみる。どこをどう見たって自分にしか見えないのに、なぜだか少し戸惑っているように見えた。

彼女は何度か口をもごもごさせてから、思い切ったように口を開いた。

『──生前の、お話を少ししてもよろしいですか？』

生前の話。彼女からこんな話をしてくるのは初めてだった。

「何か思い出したのですか⁉」

忘れていたことを思い出したのかどうか尋ねれば、彼女は『す、少しだけ、ですが』と言葉を濁《にご》して話しはじめた。

『……わたくし、婚約者がいましたの。わたくしにはもったいないくらいとても素敵な人で……親同士が決めた結婚でしたけど、せっかく結婚するなら相手の方にもわたくしのことを好きになっていただけたらと思っていました』

「………」

『――でも、ちょっとしたすれ違いからお互《たが》いの距離が離れていってしまって……一方的に婚約破棄、されてしまいましたの』

「………それはなんというか……災難でしたね」

『でしょう⁉ まいってしまいますわよね、こちらは結婚する気満々でしたのに！』

やけに明るい声音《こわね》で返された。無理をしているのは明白で、当時の彼女の気持ちを想像したら気の毒に思えた。同時に、人違《ひとちが》いだったとはいえ、僕に向けられた怒《いか》りにも納得がいった。

「………それで、出会った頃に僕のことを裏切り者と言っていたんですね」

『あはは、その節は本当に申し訳ありませんでした――でも、本当は違いましたの』

明るかった声のトーンが下がった。

『本当はずっとわたくしだけを見てくださっていた。わたくし、それを死んでから知りましたの。だからでしょうか、些細なことですれ違っているあなたたちを見ていたら、生前のわたくしと重なって見えてしまって……あなたたちにはわたくしのように手遅《ておく》れになってほしくないと思いましたの』

「それで最近やけにアリーシャとの仲を取り持ってくれるようになったんですか？」

『――――もしかして、バレバレでした？』

「バレバレでしたよ。あからさますぎて、何か裏があるのかと勘繰《かんぐ》ってしまったではありませんか」

『ふふっ、それは申し訳ないことをしてしまいました』

窓ガラスに映っているのは自分のはずなのに、なぜだか僕には彼女が困った顔をして笑っているように見えた。上がっていた口角が下がり、彼女が口を開いた。

『わたくしと今のあなたたちは違うとちゃんとわかっています。その上で、あなたたちが仲良くなるお手伝いをわたくしにさせてはいただけないでしょうか？』

少し寂しそうな声音になった彼女は、一度口を結んだあと口元に小さな笑みを浮かべた。

その表情に、なぜだかきゅっと胸が締《し》めつけられた。この感情がどこからきているのかはわからなかったけど、自分と同じにならないようにと、僕とアリーシャのことを気にかけてくれる彼女がいじらしく思えて、彼女のために何かできないだろうかという思いに駆《か》られた。

「――でしたら、僕もあなたが成仏《じょうぶつ》できるようお手伝いさせていただけませんか？」

『え？』

僕にそんな提案をされるなんて思っていなかったのか、彼女がポカンと口を開けた。自分の間の抜けた顔を眺めつつ話を続ける。

「別におかしな話じゃないでしょう？　あなたが僕たちのことを手伝ってくださるのなら、お返しに何かして差し上げたいと思うのは普通のことだと思うのですが」

『わ、わたくしなんかのために お時間を使うのであれば、もっとアリーシャとのお時間にあててください』

「僕のアリーシャはそんなに心の狭《せま》い人間じゃありません」

きっぱり断言すると、なぜだか僕の中にいる彼女が買いかぶりすぎだと謙遜《けんそん》した。

「どうしてあなたが謙遜するんですか?」

ジトリとした視線をガラス越《ご》しに投げかけると、何かを誤魔化すような乾《かわ》いた笑いが返ってきた。結局、彼女から理由が話されることはなく、話をそらすように『気持ちだけで十分です』と言われてしまった。

僕とアリーシャが仲良くすることが成仏に繋《つな》がるのだと言った彼女の顔は――実際にはガラスに映っていたのは僕の顔だったけど――どこか達観して見えた。

それからというもの、僕の中にいる彼女は時折僕には思いもつかないような提案をしてくるようになった。

ある日、きらりと目を輝かせた彼女は『アリーシャをデートにお誘いしてはいかがですか?』と言ってきた。僕が普段からどれだけアリーシャと一緒に出かけたいと思っているか知りもしないで、いとも簡単に言ってくれる。正直、可能であるならもっと頻繁《ひんぱん》に誘いたいと思っている。

けれど、僕はアリーシャと一緒にいると彼女のことで頭がいっぱいになってしまって気の利《き》いたことも話せなくなってしまうし、彼女にかっこ悪いところを見せたくないあまり緊張しすぎて記憶がすっぽりと飛んでしまったこともある。

記念すべき初めてのデートの日、緊張しすぎた僕は動物園で回る順番を忘れて上手く彼女をエスコートすることができなかった。未だにあの日のことがトラウマになっていて、アリーシャとデートするときは入念に下調べをして計画を立てないと安心できないのだ。

アリーシャの誕生日のように放課後ちょっとお茶しに行くのとはわけが違う。彼女の一日を預かるのだから責任重大である。おいそれと気軽に行けるわけがない。

しかし、仲良くなるためには二人で出かけるのも必要だという彼女の意見は的を射ている。僕は気合を入れて机に向かってペンを執《と》った。

「…………」

まずはどこがいいだろう？　メインはオペラかコンサートにするとして、その近辺にあるバラ園も気にはなる。お昼とお茶はどこがいいだろうか。西側のメイン通りにできたお店は女性に人気があると言っていたし、前に行った南通りのカフェはアリーシャが気に入っていた。お昼のあとは公園に行って……。

ぱらぱらと思いつくままに候補を紙の上に書き出していく。タイムスケジュールを組むべく、左側に時間を書き込んでいると、今まで黙《だま》っていた彼女が呆《あき》れたように言った。

『それ、細かすぎませんか？』

「え？　いつもこんな感じですけど？」

『いつもこんな感じで計画を立てていましたの⁉』

「そうですね。あとは計画書の時間通りに動けるかどうかを入念に検証します。アリーシャを誘うのはそれからです」

そう答えると、長いため息が返ってきた。

『……学園中の女子の視線をさらうほどすべてにおいて完璧《かんぺき》なジルベルト様が、まさか恋愛に関してはこんなにもポンコツだったなんて……』

「なっ……⁉」

不名誉極《ふめいよきわ》まりない発言に抗議《こうぎ》しようとしたら、それより早く口を開いた彼女にいったんペンを置くように言われた。ここで反論してもしょうがないと渋々ながらペンを置くと、彼女は次のデートは計画書なしで行きましょうと言った。なぜと抗議すると、これではアリーシャを誘うまでに時間がかかりすぎますと返された。

『計画を立てることは大事なのかもしれませんけど、完璧を求めて回数が少なくなるより、不完全でもそのぶん数多く楽しんだほうがよくありませんか？』

完璧を求めて回数が少なくなるより、不完全でもそのぶん数多く、か。なるほどと思う反面、失敗した時のことを考えてしまって、なかなか意見に同調することができない。

僕が黙り込んでいると、彼女は『でしたら、ものは試《ため》しです』と勝手に行き先について考えだしてしまう。

『そうですわねぇ…………あ！　本屋巡《めぐ》りとかいかがでしょう？』

未《いま》だかってデートプランに入れたことのない行き先が提示された。

「本屋巡り⁉　ちょっと待ってください！　デートですよね⁉」

『デートでしてよ？』

「アリーシャが読書好きなのは知っていますが、何軒《けん》も本屋をはしごするデートなんて、デートとしてどうなんですか⁉　あなたの言う乙女心というやつはどこにいったんです⁉」

思わずツッコミを入れると、彼女は口元に笑みをたたえたままで『大丈夫《だいじょうぶ》です』と言ってのけた。

『アリーシャですから何ら問題ありませんわ。きっとすぐに色よい返事がもらえると思います』

「だから、どうしてそんなに自信満々なんですか！　誘うのは僕なんですよ⁉」

『ぜったい、ぜーったい大丈夫ですって。明日お誘いしてみてください』

やけに自信満々な彼女の様子に一抹《いちまつ》の不安を感じつつ、こめかみのあたりを押さえる。

なんだか早まったかもしれない。

そんなことを考えながら迎《むか》えた翌日。

半信半疑のままアリーシャを本屋巡りに誘ってみると、僕の中にいる彼女の言う通り、アリーシャは二つ返事で僕の提案を受け入れてくれた。

✤・✤・✤

読書が好きなのは知っていたけど、一日に何軒も本屋をはしごするなんて、さすがのアリーシャでも飽きてしまうのではないかと、出かけるまでは不安で仕方がなかった。けど、アリーシャの顔を見たらすぐに杞憂だとわかった。

アリーシャは本棚を前に目をキラキラさせて、僕の手を思わず引いた。引いてから、はっと我に返ってはしたないことをしてしまったという感じでそっと手をひっこめた。

はにかむように笑った顔に目が釘付けになる。

（ああ、僕のアリーシャがめちゃくちゃ可愛い……！）

本棚を前に背表紙を指で追う彼女に見とれていると、先日乙女心を勉強するために読んだ教本――もとい恋愛小説のタイトルが目に入った。

何冊か置いてあるのを見るに、結構売れているようだ。どうやら二巻も出ているらしいと続刊を手に取ってみると、それに気づいたアリーシャが「それ」と声をかけてきた。

「ジル様も読んでいらっしゃるのですか？」

「え？　ええ。まだ一巻の途中《とちゅう》までですが」

「まぁ！　一巻のどのあたりまで読みました!?」

「ええと、主人公が家を追い出されて隣国《りんごく》の皇太子と出会うあたりまででしょうか」

「ああ、あのあたりですね！　序盤《じょばん》は鬱々《うつうつ》として主人公が可哀想《かわいそう》なところも多くて涙なしには読めませんでしたわ。ネタバレになってしまうから詳《くわ》しくは言えませんけれど、ジル様が読んでいるあたりからだんだん面白くなってきますので——って、やだ、ごめんなさい。わたくしったら、つい」

アリーシャがやってしまったとばかりに自分の口元を押さえた。上目遣《うわめづか》いに僕の反応をうかがってくるアリーシャに、僕もつられて頬が緩む。

普段学園では見られない彼女の一面が見れたのが嬉しくて、もっと彼女と話したいと話を続ける。

「アリーシャは最近どんな本を読むのですか？」

「そうですわねぇ……」

アリーシャは一度僕から視線をそらして本棚に向けると、何冊か背表紙を指さして本のタイトルを教えてくれた。恋愛小説だけでなく、伝記ものや冒険《ぼうけん》ものまで読むらしい。

今日の行き先はざっくりと本屋と決まっているため、開演時間が決まっている演劇やコンサートと違って時間に縛《しば》りがなく、ゆっくりと見て回ることができた。

さすがに歩き回るのは疲れるので、調べてきたカフェで休憩《きゅうけい》することになった。

先日のパンケーキを食べさせあったのが忘れられず、今日もできないかとメニュー表に視線を落とした。女性に人気のお店だけあってケーキの種類が多い。

どれを選ぶのが正解なのか悩みに悩んだ末、僕はアリーシャにどれを頼むか尋ねた後、他に気になっているものを教えてもらい、それを頼むことにした。彼女に僕のを食べてみたいと思わせないとこの作戦は成功しないのだから、多少狡《ずる》いやり方でも目を瞑《つぶ》ってもらいたい。

なんとなく僕の中にいる彼女から胡乱《うろん》気な視線を向けられているように感じつつ、僕は今日もアリーシャとケーキ「あーん」に成功したのだった。

ケーキを食べ終えたアリーシャは、ティーカップに角砂糖を入れてかき混ぜながら思い出したように口を開いた。

「そういえば、最近不思議な夢を見ますの」

「不思議な夢、ですか？」

「見たこともない部屋で手紙を書いていたり、苦手なはずの数学の問題が簡単に解けたり、ジル様とデー……」

言いかけて慌てて言葉を切る。

「僕とデー？」

「デー、デー、デ……デザートを食べる夢だったり」

手紙を書いたり、数学の問題を解いたり、デザートを食べる夢……どのあたりが不思議な夢なんだろうと思っていると、アリーシャは補足するようにどの夢にも【僕】が出てくることを付け加えた。

「不思議なことに、どの夢でもジル様の声はするのに近くにお姿は見えなくて……」

「確かに不思議な夢ですね……でも、あなたが僕のことを夢に見てくれるのは嬉しいです」

「そ、そうですか？」

話していて恥《は》ずかしくなったのか、アリーシャが顔を赤く染めて俯《うつむ》いてしまう。

もったいない。その恥ずかしがってる顔がもっと見たいのに。

こういう時、思いきって彼女の顎《あご》をくいっと上に向けられたら、羞恥《しゅうち》に染まる顔を見ることができるのだろうか。

そんなことを考えていると知られたら引かれてしまいそうだとこっそり苦笑《くしょう》する。

こうして、最初こそ心配しかなかったデートは無事成功に終わった。

「ジル様、今日はとってもとーっても楽しかったです！」

別れ際、アリーシャは弾けるような笑顔で「またお誘いいただけたら嬉しいです」と言ってくれた。いつもは社交辞令だと思っていた言葉を、今日は不思議とすんなり受け取ることができた。

アリーシャをメイベル家の屋敷まで送り届けた後、僕は一人になった馬車の中で、デートの間ずっと黙っていてくれた僕の中にいる彼女に話しかけた。

「――今日はありがとうございました……あなたのおかげで時間に余裕《よゆう》をもって楽しめました。それにあなたの勧めてくれた本のおかげで、いつもよりアリーシャと話せましたし」

僕の言葉に反応して口元が弧《こ》を描《えが》いた。

『楽しそうで何よりでしたわ……ふふっ、共通の話題があると話が盛り上がるものでしょう？　幸いなことにわたくしあの子が好きな本は熟知していますから、よければ本選びにお付き合いできますわよ』

なるほど、共通の話題か。確かに今までの僕はアリーシャの話を聞くばかりで、あまり自分から話を広げようとはしてこなかった気がする。彼女の言うことも一理あるかもしれないと思った僕は、助言に従って、屋敷に帰る前にもう一軒だけ本屋に寄っていくことにした。

アリーシャとの会話を思い返しながら恋愛小説コーナーまでやってきた僕は、彼女が話していたお勧めの本を探してみることにした。

『何をお探しですか？』

周囲に誰もいないせいか、彼女が話しかけてきた。

「アリーシャに勧められた本を買おうと思いまして」

本棚を眺めながら小声で答える。

背表紙を指で追いながら、ほどなくして見つかった本を手に取ると、またしても口が勝手に動いた。

『う……そちらの本ですか？』

「そうですけど、どうかしましたか？」

『ええと……その、できたら別の本にされたほうがいいかと……』

「どうして？」

『えっとですね、詳しくは言いませんけど結末がちょっと……』

結末の後味の悪さを理由に読まないほうがいいと言われたけど、それでもアリーシャに勧められたものだからと購入《こうにゅう》して屋敷に戻った僕は、すぐに彼女の言わんとしていたことを理解した。恋愛小説のつもりで読んだら、途中から愛憎《あいぞう》ホラーものになった。なかなかのスプラッタ具合に、後日アリーシャからも本を勧めてしまったことを謝られた。どうもアリーシャ自身も恋愛小説だと思っていたようだ。

好きな作家さんの新刊だから期待していましたのに、と肩を落とすアリーシャの言葉に引っかかりを覚えた。

——好きな作家さんの新刊だから期待していましたのに——

今月出版されたばかりだというのに、なぜ僕の中にいる彼女はこの小説の結末を知っていたんだろう。

いや、それだけじゃない。

何より、どうしてこんなにもアリーシャのことに詳しいのだろう。しゃべり方も、不思議とアリーシャと被ることが多いのが今になって気になった。

忘れたと言って頑《かたく》なに教えてもらえない名前と何か関係があるのだろうか。

あなたは、一体……？

なぜだか聞いてはいけないことのような気がして、僕は喉元まで出かかった言葉を呑《の》み込んだ。

4章　新たな協力者を加えて

卒業試験の話題が上るようになった頃《ころ》。

以前にも増してコーデリア様からつきまとわれるようになったジル様は、放課後誰《だれ》もいなくなった教室で机に突《つ》っ伏《ぷ》していた。

『お疲《つか》れですね』

誰もいないのをいいことに労《ねぎら》いの言葉をかけると、ジル様は突っ伏したまま深いため息をついた。

「はぁ……今日はアリーシャとあまり話せませんでした」

『それは……心中お察しいたしますわ……』

あまりのげっそり具合に、好きでもない人に言い寄られるのって苦痛ですのねと同情を禁じ得ない。

ジル様の中から見ているだけのわたくしでも疲れるのだから、直接コーデリア様とやりとりをしているジル様の疲労《ひろう》は相当たまっているに違《ちが》いない。

『コーデリア様、毎日めげませんわね。普通《ふつう》でしたら、あのようにそっけない態度を取られたらすぐに脈なしだと気づくと思うのですが』

ジル様もコーデリア様に気を持たれないように気を遣《つか》っているのに、どうしてこれが本人に伝わらないのか。いえ、伝わっていてもお構いなしなのかもしれませんが。

『そういえば、いつ頃《ごろ》からコーデリア様に言い寄られていたのですか？　きっかけみたいなものに心当たりはありませんの？』

「それがまったく。去年の終わりくらいからやけに挨拶《あいさつ》されるようになったとは思っていたのですが、今年に入ってからは授業でペアを組まないかと誘《さそ》われることが増えていって……」

『なるほど。ここ一年ほどのことでしたのね……はっきりあなたとは結婚《けっこん》できませんと言ってしまえませんの？』

「いっそはっきり結婚したいと言っていただければ断れるのですが」

机に額をくっつけたまま、ジル様がもう一度深くため息をついた。

二人でどうしたものかと考えていると、男女の声と足音が近づいてくるのが聞こえた。

忘れるはずもない、コーデリア様の声だ。

『――――この声！　ジルベルト様、どこかに隠《かく》れましょう！』

自由に動けないわたくしは、ジル様にどこかへ身を隠すように指示をした。

視界がきょろきょろ動いて、隠れられる場所を探す。ここで教室を出たら廊下《ろうか》で鉢合《はちあ》わせてしまうし、隠れるのなら教室内のどこかしかない。

ジル様はガタンと席を立つと、教室の後ろ側に並んでいた自分のロッカーに体を滑《すべ》り込ませた。

狭《せま》いロッカーの中にジル様の息遣《いきづか》いが響いて、変にドキドキしてしまう。

ややあって、教室のドアが開かれて二人分の足音が中に入ってくる。

「悪かったな、帰ろうとしたとこ引きとめて」

そう言った男の人の声にも聞き覚えがあった。ロッカーのドアのせいで外の様子をうかがい知ることはできないけれど、その声はライアン様のものだった。

「いいえ、大丈夫《だいじょうぶ》ですよ。それでお話とはなんでしょう？」

「その……ダンスの卒業試験の相手ってもう決まってるか？」

「…………いえ、まだです。先ほどジルベルト様に断られてしまって」

コーデリア様の声のトーンが下がる。気落ちした様子のコーデリア様を励《はげ》ますように、ライアン様が「それなら」と声をかける。

「俺と組んでもらえないか？」

「あら、私でよろしいのですか？　最後の授業はどなたか組みたい方がいらっしゃるのでは？」

「…………がいいんだ」

「え？」

「最後だからこそ、コーデリア嬢《じょう》がいいんだ。どうか最後の授業、俺と一緒《いっしょ》に踊《おど》ってくれないだろうか？」

「あの……？」

戸惑《とまど》うようなコーデリア様の声が聞こえてくる。

成り行きで盗《ぬす》み聞《ぎ》きしてしまっている状況《じょうきょう》に居たたまれなさを感じつつ、外の様子に聞き耳を立ててしまう。ジル様もわたくしと同様に固唾《かたず》をのんで見守っているのがわかる。

「君は忘れてしまったと思うけど、前に家のことで悩《なや》んでる時、親身に話を聞いてくれたことがあっただろ？ 俺、そのときの君の言葉に救われたっていうか——それから、ずっとコーデリア嬢のことが気になってて」

まさかの告白に、聞いてしまってごめんなさいという気持ちになる。聞いてはいけないと思いつつも、耳も塞《ふさ》げないこの状況ではどうあっても二人の会話が聞こえてしまう。

少し間があってから、ライアン様が話を続ける。

「君が、ジルベルトを好きだということは知ってる。だけど、少しだけ俺にもチャンスをくれないか？」

「え……？」

「俺、君のことが好きなんだ。学園を卒業するまででいいから、俺を、君を想《おも》う一人の男

として見てもらえないだろうか？」

（言ったあああ！　言いましたわ！　それで、コーデリア様はどうなさるの⁉）

乙女心《おとめごころ》がキュンキュンするような展開に、ドキドキしながらコーデリア様の答えを待つ。

ロッカーの中は真っ暗で二人の様子は全く見えない。

コーデリア様はライアン様の告白に戸惑っているのか、「あの」とか「えと」とか言って狼狽《うろた》えた末、「少し考えさせてください！」と言って教室から走り去ってしまった。

「コーデリア嬢！」

彼女を呼び止めようとするライアン様の声と、パタパタと走り去る足音が聞こえた後、教室内がしんと静まり返った。

『び、びっくりしましたわね』

こそっと声をひそめて口を開くと、ジル様も同じように声をひそめて同意した。

「ええ。まさかライアンがコーデリア嬢に思いを寄せていたとは……」

わたくしもびっくりしましたわ。まさか、あの硬派《こうは》なライアン様がコーデリア様を……

そこまで考えて、これはこちらにとってもチャンスなのではないかと気づいた。

ここでライアン様に頑張《がんば》ってコーデリア様を射止めてもらえれば、ジル様が言い寄られることもなくなるのではないかしら？　そうなれば、ジル様とコーデリア様が結婚する未来もなくなるわけで。コーデリア様もライアン様という恋人《こいびと》ができて、結果的にお互《たが》いに都合がいいように思えた。

『ジルベルト様、これはチャンスではありませんか？』

「なにがです？」

『ここでライアン様とコーデリア様が上手《うま》くいってくだされば、これまでのように言い寄ってくることもなくなるのでは？』

「なるほど、確かに……ひとまずライアンを追いかけてみましょう」

そうして、ジル様がロッカーのドアを開けた時だった。

教室に戻《もど》ってきたライアン様とロッカーから一歩外に踏《ふ》み出《だ》したジル様の目が合った。

「っっっっ！」

「っっっっ！」

ライアン様はまずいという顔をして固まった。おそらくそれはジル様も同じはずで、石像のように固まってしまった二人の間に妙《みょう》な沈黙《ちんもく》が流れた。

弁解しようにも、ロッカーから一歩踏み出したこの状態ではどうあっても今しがた教室に来たという言い訳は通用しない。ジル様はそそくさとロッカーを出て身なりを整えた。

気まずすぎる沈黙を破ったのはライアン様だった。

「ジルベルト……今の……」

見てたのか？　と問われるより早く、ジル様が頭を下げた。

「すみません！　故意に聞こうとしていたわけではなくてですね。その……まさか、あんな話をするとは思っていなくて……」

聞いてしまったことを素直《すなお》に白状したジル様に、ライアン様はわしゃわしゃと髪《かみ》をかき乱してため息をついた。

「なんだって、そんな狭苦《せまくる》しいとこに入ってたんだよ」

「その……コーデリア嬢と顔を合わせたくなくて……」

「………」

ジル様の言い訳に、ライアン様が鋭《するど》い視線を向けてくる。好きな人を邪険《じゃけん》に扱《あつか》われたらライアン様だって面白《おもしろ》くないだろう。針の筵《むしろ》に座らされているような居心地《いごこち》の悪さに、思わず口を開いた。

『すみません、ライアン様！　聞いてしまったお詫《わ》びに、その恋《こい》のお手伝いをさせていただけないでしょうか⁉』

「ちょ……！」

「様？」

うっかりいつもの口調で話してしまい、ライアン様から怪訝《けげん》な目を向けられる。ジル様は手で口元を覆《おお》ったまま少しだけライアン様と距離《きょり》を取ると、彼に聞こえないくらい小さな声で抗議《こうぎ》してきた。

「恋のお手伝いって、どういうつもりですか！」

『だって、ライアン様に頑張ってもらおうって方向で話が決まったではありませんか』

「だからって、いきなり手伝いますって声をかける人がいますか！」

ぼそぼそと小声で言い合っていると、ライアン様から「ジルベルト？」と声をかけられてしまった。

ギギギギ……とぎこちない動きでジル様が振《ふ》り返《かえ》ると、ライアン様の視線は怪訝なものから不審《ふしん》なものを見るようなものに変わっていた。ライアン様がわざとらしくため息をついてみせる。

「なんだって恋敵《こいがたき》に相談しなきゃならないんだよ」

「恋敵だなんて！　僕としてはライアンに頑張ってもらったほうがありがたいというか」

「…………話が見えないんだが？」

どういうことだ？　という視線を受けて、ジル様は近頃《ちかごろ》のコーデリア様の行動に困っていることを話した。

「僕はアリーシャ以外を妻に迎《むか》えるつもりはないので、どうしたってコーデリア嬢の気持ちには応えることができません。ですから、ライアンにコーデリア嬢を口説き落としてもらえたほうがこちらとしてもありがたいのです」

「こっちからしてみれば羨《うらや》ましすぎて一発ぶん殴《なぐ》りたい気分だが、言いたいことはわかっ

ちの出した提案に乗ってくれることになった。

していたライアン様は、ジル様の提案にひどく葛藤《かっとう》

ように見えたけど、最終的には利益が一致《いっち》したということもあって、わたくした

眉間《みけん》にしわを寄せて苦々しい表情を浮《う》かべたライアン様は、ジル様の提案にひどく葛藤《かっとう》

た」

ライアン様の話によると、コーデリア様のことが気になりだしたのは、夏の長期休暇《きゅうか》が始まる前だったという。ライアン様は卒業後の進路について頭を悩ませていたそうだ。ケルディ家の三男であるライアン様は爵位《しゃくい》を継《つ》ぐこともなく、兄のスペアとして生きることもない。領地で伯爵《はくしゃく》家を支えるか、王都で騎士《きし》か文官になるかの選択《せんたく》を迫《せま》られていた。貴族としては別段珍《めずら》しいことでもなかったけれど、自由に選べることが、逆に自分が必要とされていないようで苦しかったとライアン様は語った。そんな折に目が覚めるような言葉をかけてくれたのがコーデリア様だったそうだ。ライアン様は本人のプライベートに関わることだからと詳《くわ》しいことは教えてくれなかったけど、コーデリア様もいろいろと苦労している方なのだと話してくれた。

夏の長期休暇の時に会えなかったことで一気に想いは膨《ふく》らんで、卒業を前に気持ちだけでも伝えたいと、今日の告白に踏み切ったらしい。

「それなのに、よりにもよってお前に見られるとか……」

「それに関しては申し訳ありませんでした。僕だってまさかあんなことが起きるだなんて思いませんでしたし――あ、でも安心してください。聞きはしましたけど、見てはいませんので」

「そういう問題じゃねーよ」

がくりと肩《かた》を落としたライアン様は、ジル様からのフォローになってないフォローに深いため息をついた。

「手伝ってくれるって言ってもらったとこ悪いけど、俺もう振られてると思うんだよなあ」

『そんなことありません！』

わたくしは思わず声を張り上げてからはっとした。

（しまった、人前でしゃべらないって約束しましたのに……あまりのライアン様のうじうじっぷりについ口を出してしまいましたわ）

ジル様ごめんなさいと心の中で謝りつつも、口元を塞がれていないことからまだ話していていいと判断して、そのままジル様の口調を真似《まね》て話を続ける。

『「ごめんなさい」ではなく「少し考えさせてください」でしたから脈はあります』

「そんなもんか？」

『ええ。コーデリアさ……嬢の顔を見たわけではないので確信はありませんが、おそらくいきなりのことでびっくりしてしまったのだと思います』

「なら、コーデリア嬢の気持ちが落ち着くのを待てばいいってわけか」

『いえ、考える暇《ひま》を与《あた》えてはいけません。このままの勢いでガツガツ攻《せ》めましょう』

「なっ……そんな畳《たた》みかけるような真似……引かれないか？」

『それはやってみないとわかりません。ですが、いつもジルさ……僕にそっけなくされているので、急に優《やさ》しくしてくれる異性が現れたら案外コロリといってしまうかもしれませんよ？』

焚《た》きつけるように言ってみせれば、ライアン様は悪だくみをする子どものような顔をした。

「お前、結構いい性格してんな……」

『仕方ないでしょう？　わたくし……じゃなかった、僕だってなりふり構っていられないんですから。というわけでライアン、応援《おうえん》してますから頑張ってくださいね』

赤くなり始めた空を背に、わたくしはライアン様に激励《げきれい》の言葉をかけた。

『男女の仲を深めるには、二人でお出かけするのが一番ですわ！』

ライアン様と別れてお屋敷《やしき》に帰ってきたわたくしは、机に向かいながらライアン様のデートプランを練っていた。ジル様が持っていた町の情報誌を見ながら候補を絞《しぼ》っていく。

わたくしの指示でページをめくるジル様が「でも」と反論する。

「いくらなんでも早すぎませんか？」

『そんなことありません！　卒業まで時間も限られていることですし、行動を起こすなら早いほうがいいと思います――本来でしたらコーデリア嬢の好きな場所へ行くのがいいのですが、まだわからないでしょうし、今回は一般《いっぱん》的なデートコースがよさそうですね。演劇やコンサートを見に行くのもいいですし、美術館をゆっくり見て回るのもお勧《すす》めです。それから女性の好みそうなカフェでランチをして、初めてのデート記念に何か小物をプレゼントできるといい思い出になると思います』

わたくしが話すことをジル様が書記係のように書き連ねていく。

一通り案を出し切ったところで、今まで口を挟《はさ》まなかったジル様がぼそりと言った。

「なんだか僕の時と全然違くありませんか……？」

すぐにそれがアリーシャとの本屋巡《めぐ》りデートのことを言っているのだとわかった。あれはわたくしが生前ジル様と一緒に行きたいと思っていた場所なので、一般的なデートプランに入れるわけにはいかないのだ。『あれはアリーシャ専用なので』と言葉を濁《にご》しておく。

『一通りのデートプランは練ったので、お誘いするタイミングはライアン様にお任せしましょう』

机の上に広げられたデートプランを眺《なが》めながら『上手くいくといいですね』と声をかけ

れば、ジル様も笑《え》みを浮かべて「そうですね」と返してくれた。


ライアン様にデートプランを授《さず》けてから数日後。

わたくしとジル様は休憩《きゅうけい》場所の候補に挙げていたカフェに来ていた。なんでもジル様も気になっていたお店の一つで、アリーシャと一緒に来る前に下見をしたいと思っていたそうだ。今までのアリーシャとのデートも必ず一度は下見に来るほどの徹底《てってい》ぶりで、わたくしはジル様とのデートの裏にそんな努力が隠されていることを今になって知った。生前ジル様と一緒に出かける回数が少なかったのは入念に計画を立てていたからだなんて、ジル様と体を共有しなければ知る由《よし》もなかっただろう。

観葉植物がそこかしこに置いてあるカフェは、人気のお店だけあって結構な人で賑《にぎ》わっていた。これだけ周りがざわついていれば小声でしゃべるくらい問題ないだろうと、メニュー表を眺めながらこそこそと会話を交《か》わす。

「さて、何にします?」

『え?』

「いつも僕が選んでしまっているでしょう? こういう時くらいあなたが食べたいものを

食べてください」

思ってもみなかったジル様の申し出に、胸《むね》の奥がくすぐったくなる。

『本当に？　本当に、わたくしの食べたいものを頼《たの》んでよろしいのですか？』

再度確認《かくにん》すると、ジル様が「ええ」と頷《うなず》き返してくれる。こんなふうに気遣《きづか》ってくれるのが嬉《うれ》しくて、わたくしは意気揚々《いきようよう》とベリータルトとアイスティーを注文した。

ベリータルトを待っている間、席から見えるカップルらしき男女を見たジル様が、「初めてのデートか」と呟きをもらした。

その呟きに、初デートのことを思い出す。ジル様との初めてのデートは確か動物園だった。憧《あこが》れていた方とのデートということもあって、当日はすごく緊張《きんちょう》していたのを覚えている。ジル様はどうだったのかしらと思って、素知らぬふりをして『ジル様の初デートはいかがだったのですか？』と尋《たず》ねてみた。

ジル様はしばらく黙《だま》り込んだ後、ぽつりぽつりと当時のことを話しだした。

「初めてアリーシャと出かけたのは動物園でした。動物を見ながらなら上手く話せるかと思ったのですが、あの頃は今にも増して余裕《よゆう》がなくて、会話はぶつぶつ途切《とぎ》れるし、緊張のあまり順路がわからなくなるしで、エスコートが上手くできませんでした。あげく、雨にまで降られて……」

ジル様が悔《くや》しげに奥歯《おくば》を噛《か》みしめる。

かくいうわたくしも当時はガチガチに緊張していたので、ジル様の質問に答えるだけで精いっぱいで、自分から話題を振ることができなかったのですよね。今思えば、わたくしたちは似た者同士だったのかもしれません。

初々《ういうい》しい思い出に浸《ひた》っていると、ジル様がため息をついて項垂《うなだ》れた。

「あれ以来、デートの前には計画を綿密に立てないと気が済まなくなってしまって……」

その話を聞いたわたくしは、完璧《かんぺき》主義なジル様らしいと思ってしまった。それと同時に、ジル様がデートの時にいつも時間を気にしていたのはそのためだったのだと納得《なっとく》した。

『……ジル、ベルト様は初めてのデートのことを後悔《こうかい》していらっしゃるのですか？』

「今ならもっと上手くやれるのにとは思っています」

悔しそうに絞りだされた返事に、思わず笑ってしまった。

「どうして笑うんですか……」

『気を悪くさせてしまったのでしたら謝りますわ――でも、わたくしは初々しくてよかったと思いますけど。初めてなんですもの、緊張して当たり前ではありませんか』

「そんなものでしょうか？」

『ジルベルト様はいつも気負いすぎではないかと思いますの。もっと肩の力を抜《ぬ》いて、一緒にいる時間を楽しんだらいいのですよ』

「一緒にいる時間を、楽しむ……そう、ですね。確かにあなたの言う通りです。アリーシャのためと言いながら、失敗したくないと思うあまりいつの間にか計画が第一になってしまっていました。予定を詰《つ》めすぎて、彼女に窮屈《きゅうくつ》な思いをさせていたかもしれません」

反省するように一度目を伏《ふ》せたジル様は、姿勢を正して言葉を続けた。

「あの、ありがとうございます。あなたのおかげで自分の間違《まちが》いに気づけました。今度アリーシャと出かける時は、彼女と二人で楽しめるようなデートにしてみせます」

ジル様がそう思ってくれたことが嬉しくて、わたくしは口元を緩《ゆる》ませた。

話が一段落したところでベリータルトが運ばれてきた。

イチゴやブルーベリーが綺麗《きれい》に並べられて上から粉砂糖を振りかけられたタルトは見ているだけで心が弾《はず》んだ。相変わらず味はあまり感じないけど、よく味わえばちゃんとベリータルトだってわかるから満足感は十分にあった。

ジル様からタルトが好きなのかと聞かれたので、タルトというよりはベリーが好きなのだと答えた。いつも二人で話をするときはアリーシャのことが中心なので、ジル様がこうしてわたくし自身のことを聞いてくるのは珍しい。美味《おい》しいものを食べて気分がよくなっていたわたくしは、つい嬉しくなっていろいろと話しすぎてしまった。

カフェを後にして腹ごなしに町の西通りをぶらぶら歩いていると、不意にジル様の口が「アリーシャ」と動いた。

一瞬《いっしゅん》、自分が呼ばれたのかと思って『はい？』と言ってしまった。

でも、すぐにそれが自分ではないことに気づいた。視界の隅《すみ》に映りこんだアリーシャは、ジル様に呼びかけられるとパッと顔を輝《かがや》かせた。

「ジル様！　こんなところでお会いするなんて奇遇《きぐう》ですわね。お買い物ですか？」

「……………ええ、まぁ。あなたは？」

さすがにデートの下見をしていましたとは言えず、ジル様が言葉を濁す。聞き返されたアリーシャは、連れの侍女《じじょ》が持っていた荷物から本を数冊取り出して「今日は新刊の発売日でしたので」と意気揚々と答えた。

そのうちの一冊を見たジル様が「【アーティアス聖戦】……」とタイトルを読み上げた。

アリーシャは一番好きな本なのだと答えて、ジル様が少し前に読んだことを知ると感想を聞きたがった。

立ち話もなんなのでということで、奇《く》しくも先ほどのカフェでお茶をすることになった。

アリーシャはベリータルトとアイスティーを、ジル様はコーヒーだけを頼んで向かい合って座る。

ジル様はアリーシャの前に運ばれてきたタルトを凝視《ぎょうし》して尋ねた。

「ベリータルト、好きなんですか？」

「え？　ええ。あ、でも、タルトがというよりはベリーが好きで」

少し前のわたくしの言葉とアリーシャの答えが被る。内心ヒヤヒヤしたものの、さすがにわたくしとアリーシャをイコールで結ぶことはできなかったのだろう。不自然に黙り込んでしまったジル様にアリーシャが声をかけると、彼はぎこちない動きでベリータルトから顔を上げた。

「あ、いえ。僕の友人にも同じ理由でベリータルトを頼んでいる方がいたので、少し驚《おどろ》いてしまって」

取り憑《つ》いている幽霊《ゆうれい》と同じとは言えなかったのだろう、ジル様が【友人】という言葉でわたくしの存在を誤魔化《ごまか》した。

（――友人、か）

それが今のわたくしとジル様の関係。

仕方ありませんわよね。もともと名前を知られたくないからと名乗らなかったのはわたくしですもの。

まさか今になって後悔することになるだなんて思いもしなかった。

ジル様に名前を呼んでもらえるアリーシャが羨ましい。向かい合って顔を見ながらお話しできるのが羨ましい。死んでしまったわたくしと違って、未来のあるあなたが羨ましい。

でも、今さらどうしようもないことは自分が一番よく知っている。だからこそ、わたくしは目の前にいるアリーシャに未来を託《たく》して割り切るしかないのだと、強く自分に言い聞かせた。

アリーシャを送り届けた帰りの馬車の中で、ジル様は終始上機嫌《じょうきげん》だった。

『楽しめましたか？』と聞くと、間髪《かんはつ》を容《い》れずに「ええ」と返された。

先ほどまでの二人の様子を思い出す。好きなケーキの話をしたり、読んだ本の感想を言い合ったり、面接のようだった初めてのデートの時とは見違《みちが》えるほど、自然に何気ない話ができるようになっていた。

それは昔わたくしがジル様とこうありたいと思った光景だった。

ジル様と体を共有するようになって、彼がどれだけわたくしとの時間を大切にしようとしてくれていたのかを知った。

もうわたくしが間を取り持つ必要なんてないのかもしれないと思いつつ、一つだけ、これだけは言っておかなければと思ったことを口にする。

『ねぇ、ジルベルト様。今日、あの子と手を繋《つな》ごうとして繋げませんでしたね？』

手がわきわきしていたのを知ってますよ？　と指摘《してき》すると、ジル様は口をパクパクさせて声にならない声を上げた。エスコートの時はしっかり繋げているのに、どうして並んで歩いているときは手を繋げないのかしら？

そう簡単に繋げたらこんなに悶々《もんもん》としてません！　と声を大にして言うジル様に、もっと欲に忠実になってくれたっていいのにと思う。だって、わたくしだってもっと手を繋ぎたかったんですもの。

そんな昔抱《いだ》いた思いも込《こ》めて、わたくしはジル様に『そういうところも含《ふく》めて気負わなくていいと思います』と伝えた。

✤✦✤✦✤

数日後。

ダンスの授業でワルツを踊るライアン様とコーデリア様に目を向けた。

卒業試験に向けて練習に励む二人は、時折笑い合いながらステップを踏んでいる。

ライアン様からはわたくしが立てたプランでデートに行ってきたと報告があった。ジルベルトのおかげで仲良くなれたという言葉通り、ジル様がコーデリア様に話しかけられる頻度《ひんど》が目に見えて減っていった。

わたくしたちの都合でライアン様とコーデリア様を無理矢理くっつけるような形になってしまったので申し訳ないと思っていたのですが、なんだかんだで楽しそうな様子に内心ほっとする。

ジル様も同じ気持ちだったのかもしれない。

「ジル様？　どうかされました？」

アリーシャに声をかけられて、ジル様の視線が目の前で踊るアリーシャに戻る。

ジル様は小さく首を振ると、目元を緩めて微笑《ほほえ》んだ。

「いいえ――ただ、うまくいくといいなと思って」

「？」

言われていることの意味がわからずきょとんとするアリーシャに代わって、わたくしは心の中で同意した。

✤・✤・✤

卒業試験も無事終わり、卒業まであと三日と迫った日の放課後。

わたくしとジル様はブライト様に「話したいことがある」と学園のサロンに呼び出された。

ふかふかのソファーに座るように促《うなが》したブライト様は、開口一番に己《おのれ》の力不足について謝罪した。

「ごめん。なんとかしてあげたかったんだけど、こっちももうネタ切れでさ」

今日にいたるまで、ジル様の体からわたくしの魂《たましい》を引《ひ》き離《はな》すために何度もいろいろな方法を試《ため》してきた。未《いま》だに上手くいっていないのは、わたくしがアリーシャとジル様が結ばれる未来を見るまでは成仏《じょうぶつ》できないと、必死に抵抗《ていこう》していたせいだったりするのですが。

学園を卒業して半年後にはアリーシャとの結婚も控《ひか》えている。さすがにこのままの状態では結婚できないだろうからと、ブライト様は卒業してもわたくしがまだ成仏できずにジル様の体に居続けるようであれば、レイ家の退魔師《たいまし》に相談したほうがいいと提案した。

もとはと言えばジル様が公《おおやけ》にしたくなかったというのが事の発端《ほったん》なので、ブライト様が責任を感じる必要はないのだけれど、責任感の強いブライト様はどうにもできなかったことを謝罪しないと気が済まなかったらしい。「ごめん」と申し訳なさそうに頭を下げられると、こちらのほうが抵抗してしまって申し訳ないという気持ちになってくる。

疲れた顔をしたブライト様の目の下の隈《くま》は日に日に濃《こ》くなっていて、夜きちんと眠《ねむ》れているのか心配になるほどだった。おそらくジル様もわたくしと同様に心配していたのだろう。気遣うような言葉をブライト様にかけた。

「調べていただいていた僕が言うのもなんですが、夜はきちんと休めているのですか？」

一体どこまで本気なのか、ブライト様は冗談《じょうだん》めかしたように「いやあ、友達の行く末が心配で眠れなくてさ」と肩をすくめてみせた。

「本気で聞いてるのですが」

「ごめんごめん。必要最低限は寝《ね》てるから安心してよ――まぁ、とりあえずの本題も終わったし、お茶でも飲もうか」

にこにこと人好きのする笑顔《えがお》で、ブライト様が手ずからお茶を淹《い》れてくれる。勧められるがままにジル様がお茶を口に含むと、紅茶だと思ったそれはほのかにオレンジの香りがした。

どこかで飲んだことのある香りに、どこでだったかしらと思っていると、ジル様の体がぐらりと傾《かたむ》いた。

ソファーの背もたれに沈《しず》むようにして動かなくなった後、ふと体が軽くなってジル様の体を動かせるようになっていることに気づいた。

「さて、ジルベルトは寝たかな？」

向かいのソファーに座るブライト様がこの時を待ってたという口ぶりで話しかけてきた。以前と同じ言葉をかけられて、飲んでいたお茶がブライト様のお屋敷で飲んだ睡眠《すいみん》作用のあるものだったことに気づく。

『……どういうつもりですか？　本題は終わったのではありませんの？』

警戒心《けいかいしん》をあらわにして尋ねれば、ブライト様はお茶をすすってしれっと答えた。

「とりあえずのって言ったよ？　ジルベルトには悪いけど、彼抜《かれぬ》きでもう一度君とちゃんと話しておきたかったんだ」

『わたくしと？』

「そう警戒されたら話しにくいんだけど、まぁいいか——じゃあ、本題に入る前に聞かせてほしいんだけど、ジルベルトはどうだった？　浮気《うわき》するような男だったかい？」

約半年間一緒に暮らしてみてどうだったかと聞かれて、わたくしは時を遡《さかのぼ》ってきた当初のことを思い出しながらゆるりと首を横に振った。

『ブライト様の言う通りでしたわ。ジル様は浮気なんてしていませんでした』

わたくしの答えに、ブライト様は満足そうに頷いた。

「でしょ？　ジルベルトとは小さい頃からの付き合いだけど、ちょっとやそっとのことじゃ君への気持ちが揺《ゆ》らぐはずないと思ってたんだ。じゃあ、もう一つ質問。今でもジルベルトと婚約破棄《こんやくはき》したいと思ってる？」

その質問に、最初と同じように首を横に振ってみせた。

『ブライト様がよく見てあげてって言っていた意味がわかりましたわ。わたくしはずっとジル様から想いを向けられていたのですね』

「そういうこと。僕、ずーっと前からアリーシャ嬢ののろけ話を聞かされてたんだよね。なかなか進展しない君たちにはずいぶんやきもきさせられたっけ」

ブライト様が黒い目を細めてくすくす笑った。その目はジル様を見ているのか、わたくしを見ているのかはわからないけど、親が子どもを見守るような優しい色をしていた。

「だからこそ、ジルベルトにはアリーシャ嬢と結婚して幸せになってほしいんだ。というわけで、無事浮気調査も終わって誤解も解けたことだし、君の正体がアリーシャ嬢だってことをジルベルトに話してもいいよね？」

『え……？』

「？　だって、そういう約束だったでしょ？」

確かに浮気調査中は正体を隠しておいてくれる約束だったけど――でも。

わたくしはとっさに『ダメッ！』と口走っていた。

「ダメ？　どうして？」

きょとんとした様子で聞き返され、膝《ひざ》の上に置いた手を握《にぎ》りしめる。

『だって、半年ですわよ――半年もそばにいてずっと騙《だま》していましたのよ。おまけに最初の頃は険悪なことも多かったですし、ジル様に向かって裏切り者なんて言ったこともありましたし、おトイレやお風呂《ふろ》まで一緒でしたし、当たり前のように同じお布団《ふとん》で寝てましたし――あああああ、無理無理無理無理無理！』

「そりゃ、体を共有してたらしょうがないんじゃないかな」

早口でまくしたてるわたくしに、ブライト様が苦笑《くしょう》する。でも、わたくしの口は止まらない。

『それにそれに！　たくさん、あの子のことで相談に乗ってきたんです。でも、きっとそれってわたくしがアリーシャじゃなかったから話してくれたのであって、もし本人だとわかってしまったら、ここでまで築いてきたあの子とジル様の関係まで壊《こわ》してしまうかもしれませんもの……うん、絶対に言ってはいけませんわ』

一人で納得して結論を出す。

「つまり、君自身はジルベルトに正体を明かす気はないってこと？」

『ええ。騙していたなんて知られたら嫌《きら》われてしまいますもの。でしたら今のまま……誰だかわからない幽霊のまま、二人が結婚するのを見届けて成仏したほうがいいと思いますの。ですからブライト様も、この秘密はお墓まで持っていってくださいね』

「墓までって……困ったな。こんな話をするためにジルベルトを寝かせたわけじゃないんだけど」

『え？』

「だから、本題があるって言ったでしょ？」

『今のが本題だったのではありませんの？』

わたくし的にはメインディッシュくらいのお話でしたのに、それより上があるなんて。

ブライト様は「まぁ、関係なくはないけど」と前置きをした上で、今日一番の衝撃《しょうげき》的な発言を投下してきた。

「今日君と話したかったのはね、君がここに残る方法を伝えておきたかったからなんだ」

『わたくしが、ここに残る方法……？』

「うん。今までは人格が違いすぎて提案できなかったんだけど、もしかしたら今の君ならアリーシャ嬢とうまく統合して元の体に戻ることができるかもしれないと思って」

『統合して元の体に戻る……？』

聞き返したわたくしに、ブライト様は一つ頷いて説明してくれた。

今のわたくしの状況は魂だけがジル様に引っかかっている状態で、この世界に繋ぎとめている未練がなくなれば存在し続けることはできないらしい。けれど、元の体に戻ることができれば、魂が体に馴染《なじ》んで生き続けることができるのだという。

ただし、それには受け入れる側もわたくしのことを認知《にんち》する必要があるそうで。

『つまり、あの子がわたくしのことを受け入れてくれれば、わたくしは生き続けることができるということなのですか？』

「そういうことになるね。君が望むなら、アリーシャ嬢との間を取り持ってあげるよ」

「どうする？」と聞かれて返答に迷っていると、返事は今すぐじゃなくていいからと考える猶予《ゆうよ》をくれた。

向かいに座るブライト様と視線が交差する。穏《おだ》やかな笑みからは、思惑《おもわく》を読み取ることはできない。今までジル様の体から引き離そうとしていた人が、どうして急に魂の統合なんて提案してきたのかしら？　と警戒を滲《にじ》ませながら疑問を口にする。

『一つ、お聞きしたいのですけど……ブライト様はどうして今になってそれをわたくしに教えてくださる気になったのですか？』

　魂の統合の話なんてもっと前から知っていたのではないかと指摘すると、ブライト様は焦《あせ》るでもなく、いつも通り飄々《ひょうひょう》とした様子で答えた。

「だって、君はもうジルベルトと婚約破棄したいとは思ってないんだろ？」

『え？』

「婚約破棄しなきゃ気が済まないって言ってる状態の君をアリーシャ嬢の中に戻すわけにはいかなかったけど、今の君はそうじゃないから——言ったでしょ、ジルベルトにはアリーシャ嬢と結婚して幸せになってほしいって。僕が願っているのは、今も昔も友達の幸せだけだよ」

『友達の、幸せ……』

「うん。僕さ、ジルベルトと友達になるまでほとんど屋敷を出たことがなかったんだ。大人も子どももうちの特殊《とくしゅ》な能力を利用しようとする人たちばかりで、あの頃の僕は誰も信じられなかった。そんな時にジルベルトと出会ったんだ。ジルベルトは僕の能力のあるなしに拘《かか》わらず友達になってくれて、僕を屋敷の外に連れ出してくれた。今、こうして学園に通えているのはジルベルトのおかげなんだ。だから僕はジルベルトが困っていたら、どんなことでも力になってあげたいんだよ」

『それで、寝る間も惜《お》しんでいろいろ協力してくださっていたのですね』

「今の話はジルベルトには内緒《ないしょ》ね――ねぇ、アリーシャ嬢。ジルベルトは奥手《おくて》だから、君にあまり気の利《き》いたことは言えなかったかもしれないけど、きっと君が知ってるジルベルトも、今のジルベルトと同じように君のことを想っていたはずだと思うんだ」

不意に、ブライト様がわたくしがもといた時間のジル様について言及《げんきゅう》してきた。今のジル様と同じようにわたくしのことを想っていたはずと言われ、不覚にも泣きそうになってしまった。そっと顔を伏せて『そうだったらいいのですが……』と言葉を絞り出すと、ブライト様は「長年のろけ話を聞かされてきた僕が言うんだから間違いないよ」と励ましてくれた。

「正直なところね、僕は今でもジルベルトが君に婚約破棄を言い渡《わた》したのが信じられないんだ。君、前に生前のことを話してくれた時に言ってたよね？　卒業パーティーの日、ジルベルトが最後までエスコートしてくれなかったって。君はコーデリア嬢との逢瀬《おうせ》を楽しんでたんじゃないかって言っていたけど、もしかしたらその時に婚約破棄せざるをえなくなるような何かが起きたんじゃないかな？」

『何かって……？』

真剣《しんけん》な声音《こわね》にごくりと喉《のど》が鳴る。

「それはわからないけど。でも、念のため卒業パーティーの夜は気をつけてあげて」

まるで預言者のようなその言葉は、ブライト様と別れた後もずっとわたくしの頭の中に残って離れなかった。

✤◆✤◆✤

ブライト様と別れた後、わたくしは未《いま》だ起きないジル様の体を動かして廊下を歩いていた。こうやって自由に学園内を歩き回るのは久しぶりで、懐《なつ》かしくて少し遠回りをしていたら、「ジルベルト様！」とコーデリア様に呼び止められた。

彼女は息を切らしながらツカツカとわたくしの前までやってくると、ポケットから取り出した手紙を押しつけてきた。

「あの！　これで最後にしますから……卒業パーティーの時、少しだけお話しする時間をください」

『え、ちょっと⁉』

「約束しましたからね。私、待ってますから！」

コーデリア様はそれだけ言うと、わたくしが止める間もなく踵《きびす》を返して走り去ってしまった。

一人廊下に残されたわたくしは、強制的に受け取ってしまった手紙を手にどうしたものかと途方《とほう》に暮れた。

ジル様に渡す前に開けて中身を確かめておくべきか、開けずに渡すべきか。

渡された手紙の扱いについて考えていると、今度は進行方向から「ジル様」と声をかけられた。

弾《はじ》かれるように顔を上げたわたくしは、不安そうな顔をしたアリーシャを見てヒュッと息をのんだ。

「その手紙……コーデリア様に渡されたものですよね？」

『っ、見て……!?』

神妙《しんみょう》な顔でコクリと頷くアリーシャを見て、内心しまったと思った。手紙を渡されるところを見られていたのなら、おそらくさっきの話も聞かれていたはずだ。

本来であれば、ジル様が起きるのを待ってから開けてもらうべきなのでしょうけど、今ここで開けなければアリーシャを不安にさせてしまうに違いない。

(ジル様、ごめんなさい！)

わたくしは意を決して手紙の封《ふう》を切った。飾《かざ》り気《け》のないシンプルな便箋《びんせん》には、今までつきまとっていたことへの謝罪と、これで最後にするから卒業パーティーの夜に中庭の噴水《ふんすい》前に来てほしいということが時間を添《そ》えて書かれていた。

どうにも嫌《いや》な予感がする。

向かいにいるアリーシャも不安に思っているのか、胸の前で両手を握って祈《いの》るようにわたくし――というか、ジル様を見上げてくる。

そうだ、わたくしは今ジル様なんですもの。しっかりしなくては。

内心ひどく動揺《どうよう》する自分に活を入れて、アリーシャの華奢《きゃしゃ》な両肩《りょうかた》に手を置いた。

『大丈夫ですよ、アリーシャ。僕は行きませんから』

安心させるためにゆっくりと言い聞かせるように言うと、きゅっと口を結んだアリーシャが「絶対ですか？」と聞き返してきた。

不安に揺れるアリーシャの目が行かないでほしいと訴《うった》えてくる。わたくしはその目をじっと見つめ返し『絶対です』と答えた。

ジル様から行かないという言質《げんち》をもらって、アリーシャが安堵《あんど》した表情を浮かべた。

『そういえば、あなたはどうしてここに？』

普段《ふだん》ならもうとっくに帰宅している時間のはずなのにと思って聞いてみると、アリーシャは腕《うで》に提《さ》げたバスケットを少し持ち上げて、お世話になった先生たちにお菓子《かし》を配っていましたと答えた。残りはまた明日配るというので、今日はそのままアリーシャと帰ることになった。

アリーシャと一緒にいる時はいつもジル様が話していたから、わたくしが彼女と話をするのは不思議な感覚だった。

ガタガタと揺れる馬車の中で、向かいに座って楽しそうに話す自分の顔を眺める。

──今の君ならアリーシャ嬢とうまく統合して元の体に戻ることができるかもしれない。

不意に、先ほどブライト様に言われたことが頭をかすめた。

（………もし、今ここでこの子にわたくしのことを話したらどうなるかしら？）

そうは思ったものの、一緒に思い出されたここ半年ほどの記憶《きおく》が、わたくしに魂の統合の話をするのを思いとどまらせた。

奥手なジル様も最近では気負わずにアリーシャと話すことができるようになっていたし、アリーシャもジル様に向ける笑顔が柔《やわ》らかいものになったように思う。会話が途切れて何を話したらいいかと気まずい空気になることもなくなって、自然と会話が弾むようになった。

きっともうわたくしが仲を取り持たなくても大丈夫だと思った。

もう終わりを迎えてしまったわたくしは、潔《いさぎよ》く二人の結婚を見届けて成仏すべきですわよね。きっとこれが正解。ねぇ、そうでしょう？

誰からも返ってくるはずのない答えを求めて、わたくしは自分の中に問いかけた。

卒業式前日。

この日、僕は帰《かえ》り際《ぎわ》にアリーシャから手紙を渡された。

「明日は卒業式ですわね」と言ったアリーシャは一通の手紙を差し出すと、面と向かって読まれるのは恥《は》ずかしいから屋敷に帰ってから読んでくださいと言った。

はやる気持ちを抑《おさ》えながら屋敷に帰ってきた僕は、机に座って自分の中にいる彼女に話しかけてみた。しかし、何度話しかけても返事がない。

そういえば午後の自習の時間に経済学の本を読んだのを思い出す。結構難しめの内容だったから、退屈《たいくつ》で寝てしまったのかもしれない。

僕としても、アリーシャからもらった手紙を一人でじっくり読みたいと思っていたので、彼女が寝ているのは都合がいい。

今のうちに読んでしまおうと、封を切ってわくわくしながら便箋を取り出す。

そこにはアリーシャの少し丸っこい綺麗な字で、学園で知り合った時から今日までの感謝の言葉が綴《つづ》られていた。直接言うのが恥ずかしいからと、わざわざ手紙にしたためるあたり僕のアリーシャはなんて可愛《かわい》らしいのだろう。

何度も読み返してから、いつものようにアリーシャからもらった手紙を保管している箱を開ける。ふと、そこに見慣れない白い封筒《ふうとう》が入っているのに気がついた。

アリーシャから送られてくる手紙はいつも薄《うす》い水色の封筒に入っている。異物のように交ざりこんだ手紙を取りだしてみると、宛て名《あな》には【アリーシャ・メイベル様】と書かれていた。

（アリーシャ宛ての手紙……？）

一体誰が？　と思って手紙をひっくり返してみても差出人の名前は書いていない。

首を捻《ひね》りながらも封のされていない手紙を開けて中身を取り出してみる。

そこに書かれていたことを読んで、僕は言葉を失った。

【拝啓《はいけい》　アリーシャ・メイベル様】から始まった手紙には、僕がコーデリア嬢と懇意《こんい》にしていることや、近い将来僕から婚約破棄されること、それからコーデリア嬢に階段から突き落とされて命を落とすといった信じがたいことが書き連ねられてあった。

手紙の最後にも差出人の名前はない。

いたずらにしては悪趣味《あくしゅみ》すぎる。

誰がこんなことを、ともう一度手紙を読み返したところで、ふとそこに書かれた文字がアリーシャのものとそっくりであることに気がついた。

帰りにもらったアリーシャの手紙に書かれた差出人の名前と、白い封筒に書かれた宛て名の名前を並べて、明らかに同一人物が書いたであろう字面《じづら》に、手紙を持つ手が震《ふる》えた。

丸みを帯びた綺麗な字に癖《くせ》のある撥《は》ね方——そのどれもがアリーシャのものと同じだった。

アリーシャがこんな手紙を書くわけがない。第一、彼女は僕がもらった手紙を保管しているなんて知らないはずだ。では誰が？　と思ったところで、一人だけこの保管箱の存在を知っている人物を思い出した。

――わたくしだって、これがアリーシャからの手紙じゃなかったら読みませんでしたわ！――

取り憑かれた日の最初の夜、僕の中にいる彼女は机の引き出しを開けてアリーシャからの手紙を読《よ》み耽《ふけ》っていた。あの時は大事にしている手紙を読まれて冷静に考えられなかったけど、今思えばどうして彼女はあの時アリーシャの手紙を読んでいたのだろう。

「…………」

口元に手を当てて考えてみる。

普段の彼女の様子からは人の手紙を勝手に読むような人には思えない。

彼女は『これがアリーシャからの手紙じゃなかったら読まなかった』と言っていた。つまり、裏《うら》を返せばアリーシャからの手紙だから読んだということにも捉《とら》えられる。

他に何か言ってなかったかを考え、取り憑かれた日の記憶を遡る。

――あの……ジル、さま……？――

ガタン、と席を立った。

あの時、彼女はまだ僕の名前を知らなかったはずだ。それなのに、彼女は限られた人しか呼ばない呼び方で僕のことを『ジル様』と呼んだ。

それが意味することを考えて一つの仮説にたどり着いた。

アリーシャと同じ字。

アリーシャと同じ趣味《しゅみ》。

アリーシャのことを知《し》り尽《つ》くしたような発言。

読めるはずのない物語の結末を知っていた。

アリーシャから刺繍《ししゅう》のハンカチをもらった日、なぜ彼女はアリーシャが中庭にいることを知っていた？

ライアンとアリーシャの仲を誤解した時だって、意気消沈《しょうちん》した僕に彼女は誤解だときっぱり言い切った。

一番好きだと言っていた本がアリーシャと同じだった。いくら読書が趣味とはいえ、数多《あまた》ある本の中から一番好きなものが被《かぶ》る確率はどれほどのものだろう。

忘れてしまったと言って、頑《かたく》なに教えてくれない名前。本当は忘れたのではなく、言えなかっただけだとしたら。

ずっと名前のわからなかった僕の中にいる彼女の正体は――。

「あなたは、アリーシャ……なんですか？」

胸に手を当てて、もれ出た呟きにはっと口元を押さえる。

この世にアリーシャが存在しているのに、そんなことありえるはずがない。そう思っているはずなのに、どうしても否定できない自分がいた。

ずいぶん昔にブライトから逆行転生という不思議な現象の話を聞いたことがあった。

未来で死んだ魂が時間を遡って蘇《よみがえ》るというその現象を彼女に当てはめたら、すべてが一つに繋がるような気がした。

声も、姿も、アリーシャからかけ離れているにも拘《かか》わらず、なぜこんなにもアリーシャと似ているんだろうと、ふとした瞬間《しゅんかん》に感じることが多々あった。

今ここで僕の中で寝ている彼女を起こして聞けば、彼女の正体がはっきりするだろうか。

ごくりとつばを飲み込む音がやけに大きく聞こえた。

僕は、僕の中で眠る彼女に向かって話しかけた。

「起きてください…………アリーシャ」

5章 卒業パーティー

「起きてください…………アリーシャ」

こんなふうに誰《だれ》かに起こされるのはいつぶりだろう。

まだふわふわする頭で口をふよりと動かした。

『んー……あともう少しだけ……』

「お願いです、起きてください。アリーシャ」

『…………』

「…………アリーシャ？」

『…………』

「…………」

『…………』

「…………アリーシャ」

『ほぇ……？』

「アリーシャ！」

『ハヒッ！』

先生に起こされるみたいに大きな声で名前を呼ばれて、思わず裏返った声で返事をしたら、そこは学園ではなくてジル様のお部屋だった。

わたくしは窓際《まどぎわ》に置かれた机に座った状態で、ジル様に呼びかけられていたようだ。

気づけばまだ夜になっていないようで、赤く大きな太陽が山の向こうに沈《しず》んでいくところだった。

「ようやく起きましたか……」

呆《あき》れたようなジル様の声に、だんだんと意識がはっきりしてくる。眠《ねむ》りに落ちる前は確か自習の時間で、ジル様は難しそうな経済学の本を読んでいましたわね。

『……すみません。ジル様が読まれていた本が難解すぎて、いつの間にか寝《ね》てしまっていたみたいですわ』

「ええ。おおよそそんなところだろうと思っていましたよ」

なにやらジル様が額を押さえている。どこか具合でも悪いのかしら？

『あの……どこかお体の具合でも悪いのですか？』

「いえ、いささか出鼻をくじかれたと言いますか――って、そんなことよりあなたにお聞きしたいことがあるんです！」

『わたくしに？』

ジル様は机上《きじょう》にあるランプに火を灯《とも》して、机の上に置いてあった手紙を手に取った。

「これはどういうことですか？　――アリーシャ」

呼ばれた名前と、ジル様の手の中にある見覚えのある手紙にヒュッと息をのむ。

『ジ、ジル様、なな、名前……』

やっとのことで言葉を絞《しぼ》り出《だ》してから、うっかりジルベルト様ではなくジル様と呼んでしまっていることに気づいて口を噤《つぐ》むと、ジル様は確信を得たように息をついた。

「やっぱりアリーシャ、なんですね」

なんとか誤魔化《ごまか》せないかしらとあれこれ考えを巡《めぐ》らせるも、沈黙《ちんもく》が重くのしかかってきて焦《あせ》る気持ちにますます頭が上手《うま》く動かなくなってしまう。

どれほど沈黙を貫《つらぬ》いただろうか。

もうすでにその沈黙こそが肯定《こうてい》していることになっていると気づきもせず、わたくしはジル様に、その答えにたどり着いた理由を尋《たず》ねた。

『どうして……？　わたくし名前なんて書きませんでしたのに……』

落とされた視線の先にある手紙を見つめても宛《あ》て名《な》しか書かれていない。それなのにどうしてわかったのか尋ねると、ジル様は窓の外の遠く連なる山々を見つめて口を開いた。

「本当はずっと前から気になっていました。しゃべり方とか、ものの考え方とか、好きなものとか、どうしてこんなにアリーシャに似ているんだろうと思っていました。決め手となったのは字です」

『字？』

そんなもので？　と思っていると、ジル様は机の中にしまわれていた手紙をもう一通取り出して横に並べた。

「あなたの字が、アリーシャのものと同じでしたので……」

言われてぱちくりと目を瞬《まばた》いた。

アリーシャが出した手紙とわたくしがアリーシャ宛てに書いた【アリーシャ・メイベル】の名前はどう見ても同じ人物が書いたかのようにそっくり同じだった。

（あー……これは盲点《もうてん》でしたわ）

きっとジル様がアリーシャからの手紙を取っておいたからこそ気づけたことなのだろう。

わたくしは観念して素直《すなお》に認めることにした。

約半年も素性《すじょう》を隠《かく》してきたんですもの、きっと怒《おこ》ってますわよね。どんなことを言われても受け入れようと、息を殺してジル様の次の言葉を待つ。

「この……ここに書かれているのは、あなたの身に起こったことなのですか？」

ジル様の指が手紙に書かれたわたくしの文字をなぞる。

ジル様にしてみれば、婚約破棄《こんやくはき》することだけでも信じがたいことでしょうに、加えてアリーシャの最期《さいご》まで書いてあるのだ。初めて読んだ時の衝撃《しょうげき》は計り知れなかったであろうことは容易に想像できた。

「僕はあなたとの婚約を破棄してコーデリア嬢《じょう》と結婚《けっこん》したのですか？」

『ええ』

「そしてあなたを死に追いやったのはコーデリア嬢だったと？」

『ええ』

「だから、あなたは僕と婚約破棄をするために過去に戻《もど》ってきたのですか？」

『ええ——いえ、そこは違《ちが》いましてよ』

思わず頷《うなず》きかけてから訂正《ていせい》する。「違うのですか？」と聞き返されて、どう答えていいのか悩《なや》みつつ肯定する。

『正直なところ、わたくしにもどうして戻ってきてしまったのかわからないのです。ジル様は、以前ブライト様がこの世に幽霊《ゆうれい》が留まるのは未練があるからだと言っていたのを覚えていらっしゃいますか？』

「ええ」

『わたくしそれを聞いて、自分がどうして一年半も前に戻ってきたのか考えましたの。婚約破棄された上に、階段から突《つ》き落《お》とされるなんて散々な死に方でしたでしょう？　だからでしょうか……まだ先のことを知らないわたくしを見た時、これはチャンスだと思いましたの。ジル様はわたくしとの婚約を破棄した後すぐにコーデリア様と婚約しました。だからきっとお二人は学園に在学中から恋人《こいびと》関係にあったのではないかと思って、今度はその証拠《しょうこ》をもとにこちらから婚約破棄をつきつけて差し上げようと思いましたの』

そこまで聞いたジル様が弁解するように「それは……」と口を挟《はさ》んだ。

『わかっていますわ。しっかりこの目で確かめましたもの――ジル様は浮気《うわき》をするような方ではありませんでした――それどころか、幼い頃《ころ》からずっとわたくしのことを想《おも》ってくださっていて……にも拘わらず、わたくしはそのことをすっかり忘れて――むぐっ』

「っっ！」

なぜだか突然《とつぜん》ジル様の手に口元を覆《おお》われてしゃべれなくなってしまう。

『むむむむ⁉』

（ジル様⁉）

『むむー』と何度かもごもごしてから諦《あきら》めて口を閉じると、今度はジル様が話しだした。

「そうか……僕、あなたに出会った頃のことを話してましたね……」

がくりと肩《かた》を落とすジル様の様子に、わたくしはしまったと己《おのれ》の失言に気づいた。この話って、ジル様がアリーシャに話すつもりはないと言っていたやつですわ。

ジル様がわたくしに話してくれたのも、わたくしがただの幽霊だったからで、アリーシャだとわかっていたらきっと話してくれていなかったはず。

急いで謝らなくてはと口を開いたところで、ジル様が先に言葉を発した。

「引きませんでしたか？」

『ふぇ？』

（え？　引く？）

てっきり軽蔑《けいべつ》の言葉を投げかけられるかと思っていただけに、ジル様の言葉が意外すぎて間の抜《ぬ》けた反応になってしまった。

「子どもの頃からずっと想い続けていたなんて、気持ち悪いと思いませんでしたか？」

『まさか！　どうしてそんなこと思いますの？　一途《いちず》に想い続けるだなんて素敵《すてき》なお話ではありませんか』

思ったままを口にすれば、ジル様はほっと胸をなでおろして「よかった……」と机に突っ伏《ぷ》した。

『もしかして、ずっとそんなことを考えてましたの⁉』

「だって仕方ないでしょう⁉　アリーシャは僕との結婚を政略結婚だと思っているのに」

『それこそ仕方がないと思いますけど。わたくしは子どもの頃にジル様と出会ったことすら忘れていましたもの――――でも、よかった。怒られるかと思って身構えていたので、そうじゃないとわかって安心しましたわ』

こちらもほっと胸をなでおろすと、今度はジル様が「どうして？」という反応をした。

『だって、わたくし半年もジル様と一緒《いっしょ》にいたのに、自分のことを黙《だま》っていましたのよ？

絶対に怒られると思って、先ほどからいつ怒声《どせい》が飛んでくるかと――』

そこまで言うと、ジル様が首を左右に振《ふ》った。

日が暮れて暗さが増したことで、窓ガラスにくっきりとジル様の姿が映るようになる。

ジル様は眉尻《まゆじり》を下げてガラス越《ご》しにこちらを見つめた。

「怒りませんよ――怒るわけないじゃないですか。原因は婚約破棄にあったのでしょう？でしたら、その原因を作った僕がどうしてあなたを怒れるというのですか」

じわりと視界が歪《ゆが》んで、頬《ほお》に何か温かいものが伝った。涙《なみだ》だとわかったのは、窓ガラスに映るジル様が泣いていたからだ。

「アリーシャ、すみません……すみません……僕はなんて取り返しのつかないことを……」

涙声でジル様が謝罪する。ぽろぽろと流れ落ちる涙は次から次へととめどなく溢《あふ》れて机を濡《ぬ》らしていく。

ジル様が泣く姿を見て、わたくしはこんなふうに謝ってほしかったわけじゃないと胸が痛んだ。第一、わたくしに婚約破棄を言《い》い渡《わた》してきたのは、目の前で泣く彼ではないのだ。

この優《やさ》しい人に重荷を背負わせるわけにはいかないと、わたくしは努めて明るい声でジル様の名前を呼んだ。

『ジル様、身に覚えがないことを謝る必要はありませんわ』

「アリーシャ……」

『それにわたくし、あなたに夢を見せてもらいましたもの』

「ゆめ……？」

『ええ。ジル様と結婚する未来の夢ですわ。あの子と……生きていた頃のわたくしとあなたが仲良くなっていくところを見て、あなたと結婚できたらどんなに幸せかしらって思いましたの』

「それで、途中《とちゅう》から僕たちの仲を取り持とうとしてくれていたのですか？」

『ふふっ……本屋巡りをしたり、ケーキを食べたり——それから、一緒にデートの計画を考えるのも楽しかったですわね』

「あなたのおかげで、ずいぶん乙女心《おとめごころ》というものを理解できるようになったと自負していますよ」

ジル様が手《て》の甲《こう》で涙を拭《ぬぐ》って苦笑《くしょう》めいた笑《え》みを浮《う》かべる。

うん、やっぱりジル様には笑っていてほしい。わたくしはなるべくさらっと聞こえるように願いを声にのせた。

『まぁ、頼《たの》もしい——でしたら、安心してわたくしのことを託《たく》せますわ』

わたくしの言葉に、ジル様が息をのむのがわかった。続けて彼が何か言おうとしている気配を察して、それより先に声を発する。

『もう一人のわたくしのこと、託していいですわよね？』

見えない圧を感じたのか、ジル様の顔に真剣《しんけん》な色が浮かぶ。

「任せてください。必ず、あなたの分まで幸せにします」

あなたの分までは卑怯《ひきょう》でしてよ、ジル様。体が自由だったら涙ぐんでしまったかもしれない。真摯《しんし》な返事に満足して『約束しましたからね』と念を押したところで、わたくしは自分の中で確信めいたものを感じた。

『二人が結婚するまでは成仏《じょうぶつ》できないと思っていましたけど、もうその心配はなさそうですね――――あとは卒業パーティーが無事に終わるのを見届けることができれば、もう心残りはありませんわ』

ジル様がわたくしとの未来を約束してくれた今、未《いま》だにわたくしが成仏できずにいるのは、おそらく卒業パーティーのことが気がかりだからだろう。

「卒業パーティーで何かあるんですか？」と聞かれて、そういえば先日コーデリア様に一方的に押しつけられた約束のことをジル様に話し忘れていたことを思い出した。

すっかり忘れていましたけど、念のため伝えておかないといけませんわよね。

今を逃《のが》せば話す機会がないかもしれないと思い、コーデリア様から手紙を渡されたことを報告することにした。

『一昨日の放課後、ジル様が寝ているときにコーデリア様から手紙を渡されましたの』

「手紙……？」

『はい。ジル様の鞄《かばん》の薄《うす》いポケットのところに入っているので、取っていただいてもよろしいですか？』

　自分で動けないのでジル様に手紙を取り出してもらう。

　そうして手紙を読んだジル様は眉間《みけん》にしわを寄せた。

「これ、受け取った時なんて返事をしたんですか？」

『それが返事をする前に逃《に》げられてしまいまして——しかも、まずいことに手紙を渡されているところをあの子——アリーシャに見られてて……』

　渡された前後のことをジル様に事細かに説明した上で、勝手に手紙を開けてしまったことと、アリーシャにコーデリア様のところには行かないという約束をしてしまったことを謝った。

「いえ、アリーシャを不安にさせたくはないので、あなたの選択《せんたく》は間違《まちが》ってないです」

　ジル様はそれっきり黙り込んだままコーデリア様の手紙を見つめた後、ぽつりと言った。

「……この場所に行ったら、婚約破棄になった原因がわかるでしょうか」

　確かにわかるかもしれない。わたくしも知らなかった婚約破棄の理由。

『ジル様は、それを知ってどうしますの？』

「……自分の身に何があったか知りたいという気持ちもありますが……でもそれ以上に、

たとえコーデリア嬢に会いに行っても、もう婚約破棄されることはないのだとあなたに証明したいんです」

『ジル様……』

ジル様の気持ちは嬉《うれ》しかったけれど、彼の身を危険にさらしてまで証明してほしいとは思わなかった。

『わたくしは反対です。こんなのどう考えても怪《あや》しいですもの。ジル様のお気持ちは嬉しいですけど、行ってはいけませんわ。それに、あの子とも行かないと約束してしまいましたし』

「そう、ですよね……わかりました。でも、アリーシャ。これだけは覚えていてください。どんなことがあっても、僕はもう二度とあなたを悲しませるようなことはしません」

窓ガラスに映るジル様の目は、まっすぐわたくしに訴《うった》えかけていた。

❖✦❖✦❖

卒業式当日。

日が傾《かたむ》いて東の空に星が輝《かがや》きだした頃、シルバーのフロックコートをきっちり着こなしたジル様は、アリーシャをエスコートして卒業パーティーの会場へと赴《おもむ》いた。

淡《あわ》い藤色《ふじいろ》のドレスに身を包んだアリーシャは、かつてのわたくしと同じ姿をしていた。迎《むか》えに来てくれたジル様からドレスの感想をいただけなくて、似合ってなかったかしらと嫌《いや》な汗《あせ》をかいていた当時の記憶《きおく》がよみがえってくる。表情を硬《かた》くしている様子から、目の前にいるアリーシャもジル様にどう思われているのか不安になっているのが伝わってくる。

「………ドレス、とてもよく似合っています」

パーティー会場である学園内の講堂の入り口をくぐったあたりで、不意にジル様がアリーシャのドレスを褒《ほ》めた。

「え」
『え』

予想外の言葉に、アリーシャだけでなくわたくしまで反応してしまった。

しまった、と思って慌《あわ》てて口を閉じる。

頬が熱い。ジル様が照れているのだとわかってしまった。

「すみません。本当はもっと気の利《き》いた言葉を言って差し上げたかったのですが、どの言葉も今のあなたの前ではかすんでしまって……」

「まぁ！　ジル様に褒めていただけただけで十分ですわ」

きょとんとしていたアリーシャが、花がほころぶように笑った。

長ったらしい褒め言葉なんて必要ない。今も昔も、似合ってるというその一言だけで十分だった。

あの日言われることのなかった言葉に、わたくしも自分が言われたかのように嬉しくなる。もしかしたら口にはしなかっただけで、かつてのジル様もそう思ってくれていたのかもしれないと思った。

煌《きら》びやかに飾《かざ》りつけられた空間には、宮廷《きゅうてい》から招かれた楽団の優雅《ゆうが》な音楽が流れていた。

学園長の祝辞から始まった卒業パーティーは、滞《とどこお》りなく和《なご》やかに進んでいった。

やがて会場内の音楽がワルツに変わった。

ダンスの時間だ。

会場の空気が変わって、中央にできたスペースに手を重ね合わせた男女が歩み出てくる。

周囲の人たちの流れにのって、アリーシャとジルベルトも中央へ移動する。

ドレスの裾《すそ》を軽くつまんでカーテシーを披露《ひろう》したアリーシャに、ジル様は顔を引《ひ》き締《し》めて彼女に手を差し出した。

差し出された手に自分の手を重ねて、アリーシャはジル様に笑顔《えがお》を向けた。

「わたくし、ここでジル様と踊《おど》るのをずっと心待ちにしていましたのよ」

アリーシャの言葉に、時を遡《さかのぼ》る前のわたくしも卒業パーティーでジル様と踊るのを楽しみにしていたことを思い出す。

(そうでしたわ。以前のわたくしも、ドキドキしながらジル様とこうしてダンスの輪に入っていきましたわね)

わたくしの中で過ぎ去ったあの日を思い出す。

最終学年に上がってから、多少のすれ違いやギスギスした空気になったことがありはしたものの、わたくしはずっとジル様の婚約者として彼に好かれようと頑張《がんば》ってきた。

少し感傷的な気分になってしまうのは、今があの日と同じ光景だからだろう。

今までいろんなことがありましたわねと回想に耽《ふけ》りながら、いつものようにジル様とアリーシャの見守りに徹《てっ》する。

授業で長いことパートナーを組んでいたおかげでダンスは完璧《かんぺき》である。最後に足を踏《ふ》んだのはいつだったかしらと思い返していると、ジル様の口が小さく動いた。

音楽の邪魔《じゃま》にならないように、囁《ささや》くような声でジル様がアリーシャに話しかける。

「ねぇ、アリーシャ。初めてペアを組んだ時のこと、覚えていますか?」

「もちろん覚えていますわ」

アリーシャが昔を懐《なつ》かしむように青い目を細める。

授業で初めて男女でペアを組むように言われた時、引っ込み思案《じあん》なわたくしはどうしても誰かに声をかけることができなくて教室を右往左往していた。そんな時に声をかけてくれたのがジル様だった。

艶《つや》やかな金の髪《かみ》に青い目をした王子様のような容姿にまず惹《ひ》かれた。けれど、実際に好きになったのはその時ではない。

その授業の中で何度も失敗してしまったわたくしを、ジル様は責めないどころか励《はげ》ましてくれた。四苦八苦しながらもなんとか課題をやりとげた時に見せてくれたジル様の笑顔に、わたくしは目を奪《うば》われた。

「あの時、ジル様が励ましてくださったから最後まで頑張ることができましたのよ」

ふふっと思い出し笑いをしながらアリーシャが当時のことを口にすると、ジル様の口元が綻《ほころ》んだ。

「思えば、あの時僕は諦めずに頑張るあなたを見て心を奪われたんです」

「そうでしたの……？」

驚《おどろ》いたような顔を向けられて、ジル様が苦笑する。

「ええ。どうやったらあなたと仲良くなれるか、その後こっちは必死だったんですよ？」

「全然知りませんでしたわ。言ってくだされればよかったのに」

「言ってしまったら格好がつかないじゃないですか」

「意外と見栄《みえ》っぱりですのね」

「男はみんな見栄っぱりな生き物なんです」

二人は顔を見合わせてくすくす笑い合った。ひとしきり笑ったあと、アリーシャがジル様のことをじっと見つめた。

「ジル様、このところ少し変わられましたね」

「そうですか？」

「ええ。なんというか、前よりずっとお話ししやすくなりましたわ」

ワルツのステップを踏みながらアリーシャがにこやかに答える。ジル様の頑張りに加えて、共通の話題が増えたのも会話が弾《はず》むようになった要因だろう。

ちゃんと見てくれていたのねと思っていると、今度はジル様がふっと笑った。

「そういうアリーシャも、以前に比べて目を合わせてくれるようになりましたね」

ジル様がそう指摘《してき》すれば、アリーシャは少しだけ目をそらして苦笑した。

「以前、ジル様が夢に出てくると言ったのを覚えていらっしゃいますか？」

「ええ」

「いつもいつもお姿が見えないのは、わたくしがジル様のお顔をちゃんと覚えていないせいなのではないかと思いまして……」

「それで最近よく目が合うんですね」

ジル様が納得《なっとく》したように笑った。

二人のやりとりを見守りながら、お互《たが》いちゃんと相手のことを見ていたのねと感心した。

そうして一曲目が終わり、そのまま続けてもう一曲踊ってからダンスの輪から抜け出す。

アリーシャの手を引いて壁際《かべぎわ》に寄ったタイミングで、ライアン様から声をかけられた。

「ジルベルト、コーデリア嬢を見かけなかったか？」

「いえ、一緒に踊らなかったんですか？」

「一曲目だけ一緒に踊って、飲み物を取りに行くって言ったきり戻ってこなくてな」

ライアン様はきょろきょろとあたりを見回しながら答えた。

時計を見ると、あと少しでコーデリア様との約束の時間になるところだった。

だとしたら、コーデリア様は中庭の噴水《ふんすい》前にいるだろう。ただ、それをライアン様に伝えていいかどうかは非常に悩ましかった。ライアン様が知らないということは、コーデリア様がジル様との待ち合わせを隠していることを意味しているからだ。

コーデリア様はこれで最後にすると言っていた。もしかしたら最後にジル様とお話しして、ジル様への気持ちに区切りをつけるつもりなのかもしれない。だとしたら、ここでライアン様にコーデリア様の居場所を教えて話をややこしくしないほうがいいように思えた。

ジル様も黙っているところを見ると同じ判断なのでしょう。

ライアン様はわたくしたちがコーデリア様の居場所を知らないとわかると、二、三言葉を交《か》わしてから離《はな》れていった。

遠ざかっていくライアン様の後ろ姿を見送ったところで、今度はアリーシャが彼女の友人に声をかけられた。

学園最後の夜だ。卒業したら領地へ戻る生徒も多いため、今を逃すとしばらく会えなくなってしまう人も多い。友人同士積もる話もあるのだろう。友人に誘《さそ》われたアリーシャは、指をもじもじさせながら上目遣《うわめづか》いでこちらの様子をうかがってきた。

「……あの、わたくしも行ってきてもよろしいでしょうか？」

アリーシャも数少ない友人たちとパーティーを楽しみたいのだろう。実際に生前のわたくしも、卒業パーティー当日はこんな感じでジル様から離れて友人と別れを惜《お》しんでいたように思う。

ジル様もそんなアリーシャの気持ちを察してか、快く送り出してくれた。

そうして一人になったところで女子生徒からダンスを申し込まれた。一曲踊って戻ってくると、今度はブライト様から声をかけられた。

「やぁ、ジルベルト。モテモテだね」

茶化すようなブライト様の言葉に、ジル様はげんなりした視線を向けた。

「嬉しいように見えます？」

「いいや、全然」

悪びれた様子もなくブライト様は肩をすくめてみせた。ジル様はブライト様と壁際に並ぶようにして立つと「それにしても」と声をひそませた。

「ブライトがアリーシャのことを知っていたとは思いませんでした」

「それに関してはさっき謝っただろ？」

壁《かべ》に寄りかかって苦言を呈《てい》するジル様に、ブライト様は眉尻を下げて謝った。

先日わたくしの正体をお墓まで持っていってほしいとお願いした手前、ジル様にバレてしまったことを伝えておくべきかと思って、今朝お会いした時にその報告をしたのだけれど、ジル様的にはブライト様がわたくしの正体を知っていて黙っていたのが気に障《さわ》ったらしい。

ブライト様はため息をついて髪をかき上げた。

「もー、そう不機嫌《ふきげん》そうな顔しないでよ。しょうがないだろ？　オーラの色で君の中にいる人が誰だかわかっちゃったんだから。不可抗力《ふかこうりょく》だよ」

「だったら最初に教えてくれたってよかったでしょう⁉」

非難めいた言葉に、ブライトは複雑そうな顔をして尋ねた。

「仮に君の中にいるのがアリーシャ嬢だと言ったとして、あの時の君は信じてくれたかい？」

「それは……」

ジル様は言い淀《よど》んだ。

もちろんとすぐに言えないあたり、おそらく無理だったのではないかとジル様もわかっているのだ。

目の前に婚約者であるアリーシャがいる状態で、自分の中にいる幽霊が死んで未来から戻ってきたアリーシャだと言われて、一体どれほどの人が信じられるだろう。わたくしがジル様の立場なら絶対に無理だ。むしろ信じてもらえた今のこの状況《じょうきょう》のほうが奇跡《きせき》に近い。

ブライト様はすっかり黙り込んでしまったジル様の肩を励ますようにポンと叩《たた》いた。

「それが普通《ふつう》だよ。君が気に病《や》む必要はない――そうでしょ？」

最後に投げかけられた言葉はわたくしに向けられたものだと気づいて頷き返す。

『ええ。わたくしも無理もない話だと思いますわ』

「ほら、彼女もそう言ってることだしね――あ、ほら。ジルベルト、お客さんだよ」

少し離れたところからこちらの様子をうかがってくる女子生徒の視線に気がついて、ブライト様がジル様のわき腹をつつく。目が合うと、女子生徒はしずしずとジル様の前にやってきてダンスを申し込んだ。本当に途切《とぎ》れることを知らない。改めてジル様の人気を実感する。

一曲踊り終わるのと同時に、遠く時計塔《とう》の鐘《かね》が聞こえてきた。

コーデリア様との約束の時間だ。

『……行きたかったですか？』

踊り終わったジル様が窓際に戻ってきたタイミングで、誰にも聞こえないようにこっそりと聞いてみる。ジル様はゆるりと首を左右に振って「ただ」と視線を落とした。

「……僕があなたとの婚約を破棄したのがどうしても納得いかないんです。あなたは理不《りふ》尽《じん》に婚約を破棄されるような人じゃない……だからこそ、僕たち……いや、僕に何があったのか知りたかったんです」

『ジル様……』

「でも、あなたやアリーシャを不安にさせてまで知りたいとは思ってません――これでいいんです」

そう自分に言い聞かせるように言ったジル様は、パッと顔を上げて明るく続ける。

「これで最後と言ってましたし、僕が行かなければコーデリア嬢も諦めてくれますよね？」

『ええ、きっと――』

コーデリア様も諦めてくださいますわと言いかけたところで、唐突《とうとつ》に頭のなかに声が響《ひび》いた。

――助けて！――

悲鳴の交じった助けを求める叫《さけ》び声《ごえ》は、聞き間違えるはずのない自分《アリーシャ》の声だった。

『ジル様！　今、声が——』

わたくしはジル様に急ぎ異変を知らせようと声を上げた。けれど、最後まで言い終わらないうちに何か強い力に引っ張られてジル様の体から引きはがされてしまう。

『っ⁉』

魚が釣《つ》り上《あ》げられる瞬間《しゅんかん》とはこんな感じなのかもしれない。わたくしの体は講堂の壁をすり抜け、あっという間に中庭の噴水近くにいたアリーシャの体の中に吸い込まれた。

何が起きたのかもわからないまま、視界がアリーシャのものと共有される。

アリーシャは何かから隠れるように、木の幹に背中を預けながら荒《あら》い息を繰《く》り返《かえ》していた。アリーシャの意識があるせいか、わたくしは自由に体を動かすことはできない。

アリーシャの視界からできる限り情報を得ようと周囲に気を配ると、少し離れたところに彼女が防寒用に身につけていたショールが落ちていた。春先といえど、外は霜《しも》が降りるくらい寒い。それなのに、アリーシャに落ちたショールを取りに行こうとするそぶりはない。

一体なぜと思ったところで、いきなり強い力で腕《うで》を掴《つか》まれた。

そうして木の陰《かげ》から出てきたのは成人した粗野《そや》な男だった。ラフな出《い》で立《た》ちを見るとパーティーの参加者ではないようだ。

「おかしいな……ここに来るのは男だって聞いていたんだが」

男はアリーシャを見て首を傾《かし》げたが、アリーシャは恐怖《きょうふ》で動けなくなってしまって悲鳴すら上げられないようだった。

『なに⁉　これ、一体どんな状況ですの⁉』

ジル様の中にいた時と同じように声を張り上げると、アリーシャの体がびくりと強張《こわば》った。

男は「へぇ、この状況で声が出せるのか」と感心したように呟き、にたりと笑った。

何一つ状況が理解できないままだったけれど、危機が迫《せま》っていることだけは理解できた。

『……何をなさる気⁉』

勇気を振り絞って男に尋ねれば、にじり寄ってきた男は素早《すばや》い動きで腕を振り上げた。

抵抗《ていこう》する間もなく、首の後ろに衝撃が走った。

「悪く思うなよ、嬢ちゃん。こっちも仕事なんでな」

ぐらりと世界が回ってアリーシャの体が地面に倒《たお》れ込む。急いで起き上がって逃げなければと思うのに、頭がぐらぐらして起き上がることができない。

男の向こうに中庭の噴水が見えて、ここがコーデリア様との待ち合わせ場所だということに気づいた。しかし、コーデリア様の姿はない。

わたくしを襲《おそ》った男は地面に膝《ひざ》をつくと、雑な動作でわたくしを担《かつ》ぎ上げた。

抵抗したいのに何もできない自分が悔《くや》しい。

男がどこかに向かって歩き出したらしい。視界が上下に揺《ゆ》れて、噴水が遠ざかっていく。

（ジル様……助けて……）

無力なわたくしにできたのは、ジル様に助けを願うことだけだった。

✤・✤・✤

『ジル様！　今、声が――』

僕の中のアリーシャが唐突にそんなことを言って黙り込んでしまった。

（声が、なんだ？）

何度聞き返しても返事がない。こんなことは初めてで不安がこみ上げる。

存在自体がかき消えてしまったかのような感覚に嫌な胸騒《むなさわ》ぎを覚えた僕は、彼女のことを感知できるブライトを捜《さが》した。

幸いなことにブライトはすぐに見つかった。彼は壁に寄りかかってダンスをする人たちを眺《なが》めていた。

ツカツカと一直線にブライトのところまで行って、彼の両肩《りょうかた》を勢いのまま摑んで揺する。

「ブライト！　アリーシャがいなくなってしまって――今の僕、どうなってます⁉」

いきなりのことで驚いたのか、ブライトが「わっ！」と声をあげてジトリとした目をこちらに向ける。その黒い双眸《そうぼう》が大きく見開いた。

「え、なにいきなり――って、なんで君の中からアリーシャ嬢のオーラが消えてるのさ⁉」

今度はブライトが僕の肩を摑んで揺さぶってきた。その腕を摑んで確認《かくにん》する。

「――本当に消えているんですね⁉」

「きれいさっぱり消えてるものを見間違《みまちが》うわけないよ。成仏したとかじゃないんだよね？」

成仏した可能性を問われて、僕は首を横に振って否定した。

「そんな感じではありませんでした。それに言っていたんです、卒業パーティーを見届けるって。目的も果たさないまま成仏したとは思えません。きっと何かあったんです」

僕の訴えに、ブライトは口元を覆って考えるそぶりをしたあと、はっと顔を上げた。

「ジルベルト、アリーシャ嬢は⁉」

「アリーシャなら今あなたが消えてると――」

「そっちじゃなくて！　もう一人のほうだよ！」

「アリーシャなら友人と話しに行ってます」

「君の中からいなくなっているのであれば、成仏して完全に消えたか彼女の中に戻ったかくらいしかないよ。とりあえず、アリーシャ嬢のところに行ってみよう」

ブライトに促《うなが》され、友人と話しているはずのアリーシャのもとに向かってみた。

けれど、そこにアリーシャの姿はなかった。

アリーシャと親しいエレーナ嬢に彼女の行方《ゆくえ》を聞くと、アリーシャは友人たちと少し話した後で用事があると言ってこの場を離れたらしい。

誰かとダンスの約束をしたのだろうかとダンスをする人たちを眺めたが、クルクルと優雅に回る人たちの中にアリーシャの姿を見つけることはできなかった。

その間も僕の中にいるアリーシャに話しかけてみたけど、こちらも返答がなかった。

もしかして会場内にはいないのか？　と思ったところで、ライアンから声をかけられた。

「ジルベルト、誰か捜してるのか？」

どうやら僕が誰かを捜しているのを見て声をかけてくれたらしい。彼の両肩に掴みかかるようにして、アリーシャの行方を知らないか尋ねた。

「アリーシャを見かけませんでしたか⁉」

「いや……アリーシャ嬢もいなくなったのか？」

『も』という言葉に、ライアンもコーデリア嬢を捜していたことを思い出す。とはいえコーデリア嬢がいないのは、僕との待ち合わせ場所に行っているせいだ。

そこで「ん？」と引っかかりを覚えた。

「コーデリア嬢はまだ……？」

僕の問いに、ライアン様は「ああ」と眉《まゆ》を顰《ひそ》めた。指定された時間からだいぶ過ぎている。もう来ないと諦めて戻ってきてもいい時間だが、コーデリア嬢が戻ってきた様子はない。

そこまで考えて、そういえばアリーシャがコーデリア嬢との待ち合わせ時間と場所を知っていたことを思い出す。

僕の中にいたアリーシャはコーデリア嬢から受け取った手紙を彼女の前で読んで、この場所には行かないと約束したと言っていた。心優しいアリーシャのことだ、もしかしたら僕が来ないということをコーデリア嬢に伝えに行ったのかもしれない。

可能性としてありえない話ではない。

僕は一縷《いちる》の望みにかけて、中庭へと駆《か》け出した。

✤✦✤✦✤

正体不明の男に担がれていたわたくしは、中庭の隅《すみ》にある古びた倉庫に運び込まれた。

埃《ほこり》っぽいマットレスの上に雑に放り出されると、男はわたくしの手足を縄で縛《しば》って倉庫を出ていってしまった。

男と入《い》れ替《か》わるようにしてやってきたのは、真っ赤なドレスに身を包んだコーデリア様だった。

パーティー会場からそのまま抜け出してきた様相のコーデリア様は、手足を縛られてマットレスに転がされているわたくしを見て——がくりと頽《くずお》れた。

「ちょっと、どういうこと⁉　どうしてジルベルト様じゃなくてあなたなのよ⁉」

膝をついて項垂《うなだ》れたコーデリア様は、勢いをつけて立ち上がると倉庫の入り口に向かった。そうして少しさび付いた鉄製のドアを開けようとして、ガタンと何か引っかかるような音が響いた。

「うそでしょ⁉　なんで開かないの⁉」

ガタガタと何度もドアを前後に動かしてみても開く気配はない。閉じ込められたと気づくのに時間はかからなかった。

体の持ち主であるアリーシャは気を失っているのか未だに何の反応もない。自由に動かせる体に反動をつけて上半身を起こし、コーデリア様に問いかける。

『もしかして、さっきの人が……？』

何のために？　と眉を顰めていると、コーデリア様がぼそりと言った。

「あなたをここに連れてきたのはうちの御者《ぎょしゃ》よ。間違いなくお父様の指示ね。きっと朝まで開かないわ」

いつもより粗野《そや》なしゃべり方に少なからず驚く。

コーデリア様は俯《うつむ》いてぺたんと床《ゆか》に座り込むと、肩を震《ふる》わせて笑い出した。

「ほんとう、何もかもが上手くいかない……もういろいろ疲《つか》れちゃった……ふふっ、ふふふふふ……」

『コーデリア様……？』

くつくつとひとしきり笑ったコーデリア様は、懐《ふところ》から青い小瓶《こびん》を取り出してわたくしに見せつけてきた。

「これ、何かわかるかしら？」

『？』

ガラス瓶《びん》にはなにも表記されておらず、わたくしはゆるりと首を横に振った。彼女はわたくしの反応を見ると、嘲《あざけ》るような笑みを浮かべて媚薬《びやく》だと教えてくれた。

『媚薬!?』

「そう、本当だったらここに来るのはジルベルト様のはずだった。あとは、ねぇ……わかるでしょう？」

閉め切られた狭《せま》い倉庫の中、媚薬を飲んだ男女が二人——それだけで、わたくしは未来でなにが起こったかわかってしまった。

今までずっと、どうして婚約破棄されたのかわからないままだった。

ジル様もブライト様も、どうして婚約破棄に至ったのか納得いかないと言っていた。

時を遡ってジル様の想いを知ってからは、ますますどうして婚約破棄されたのかわからなかった。

でも、そういうことでしたのね……。

ジル様、わたくしやっとわかりましたわ。あなたはわたくしのことを嫌《きら》いになったのではなくて、コーデリア様の純潔を奪ってしまった責任を取らなければならなくなったのですね？

だから、誰もわたくしに何も教えてくださらなかったのだわ。

時を越《こ》えて知った真相に涙が溢れた。

「なんであなたが泣くの⁉　泣きたいのは私のほうよ！」

コーデリア様は怒《いか》りのままに青い瓶を床にたたきつた。パリンと、瓶が割れて液体が床に広がる。

コーデリア様は割れた瓶を見つめると、顔を覆って蹲《うずくま》った。

「お父様、ごめんなさい。ごめんなさい。ごめんなさい。出来の悪い娘《むすめ》でごめんなさい」

消え入りそうな声で何度も何度も「ごめんなさい」を繰り返すコーデリア様の様子は、もはや正気とは思えなかった。

どれくらい時間が経《た》っただろうか。

膝を抱《かか》えてすすり泣くコーデリア様の声だけが響く空間では、どれほどの時間が流れたのかわからなかった。

逃げ道を探したものの、出入り口は開かなくなってしまった鉄のドアが一つだけ。窓には鉄格子《てつごうし》がはめられていて、そこからの出入りは不可能だった。

暖かかったパーティー会場と違い、暖のない倉庫内はひんやりとした空気に満ちていた。ジル様の中にいた時は寒さなんて感じなかったのに、本来の体に戻ったせいなのか、今は生前のように寒さを感じるようになっていた。

せめて寒さを和《やわ》らげるものがあればよかったのだけれど、倉庫の中にあったのは薄手《うすで》の毛布が一枚だけだった。コーデリア様によれば、ストーブが用意してあるはずだと言っていたのに、手違《てちが》いか倉庫内にそれらしきものは見当たらなかった。

一枚しかない毛布をコーデリア様に奪われてしまっているので、わたくしが寒さを防ぐ手立てはない。寒さのせいか意識が薄れてきた。意識を保つためにコーデリア様に話しかけてみる。

『コーデリア様がジル様に執着《しゅうちゃく》していたのは、お父様のためだったのですか？』

「……そうよ。ジルベルト様には婚約者がいるから無理だって言ったのに、全然聞き入れてもらえなくて」

そうして膝を抱えたコーデリア様は、ぽつぽつと自分のことを話しだした。

もともとは平民だったこと、パッカー家で使用人をしていた母親が死んで父親であるパッカー子爵《ししゃく》の家に引き取られたこと、理不尽で暴力的な養母に礼儀《れいぎ》作法を叩き込まれたこと、学園でいい成績をとると父親が褒めてくれるようになったこと、それがある日、バートル家とつながりを持ちたかった父親にジル様を射止めてこいと言われたこと、上手くいかないと父親から怒鳴《どな》られるようになったこと——そんな日々の中で向けられたライアン様の好意は、彼女にとって救いだったという。

コーデリア様は膝をかかえて前後に体を揺すりながら、唐突に「私、あなたのことが嫌いだったの」と言った。敵意のある言葉にコーデリア様を見ると、彼女はさして興味もないふうに話を続けた。

「何の苦労もしてないくせにジルベルト様の寵愛《ちょうあい》を独《ひと》り占《じ》めするアリーシャ様が羨《うらや》ましかった。私なんてジルベルト様にアタックしてもそっけなくあしらわれて……何度みじめな思いをしたかわからないわ。だからずっと、あなたさえいなければジルベルト様が私を見てくれるのにって思ってた」

奇《く》しくも死んだ日と同じ言葉を投げかけられて、わたくしは『ああ』と思った。

——あなたさえいなければ……！——

今この時になって、ようやく自分が階段から突き落とされた理由がわかった。

わたくしが死んだ世界で、コーデリア様は媚薬を用いてジル様と結婚した。そんな不本意な形で始まった結婚生活が上手くいっていたとは到底《とうてい》思えない。

上手くいかない日々の中で、ジル様の元婚約者だったわたくしと遭遇《そうぐう》してしまった。その時のジル様がどういう反応をしたのかはわからないけれど、もしまだわたくしのことを引きずっていたとしたら、コーデリア様はわたくしに強い恨《うら》みを抱《いだ》いたかもしれない。

コーデリア様の話を聞いた今なら、彼女がどうしてあのような衝動《しょうどう》的な行動に出てしまったのかわかる気がした。

わたくしは縛られた手足をもぞもぞさせてなんとか三角座りの形にもってくると、正直な気持ちをコーデリア様に吐《は》き出した。

『……わたくしもコーデリア様のことが苦手でしたわ。だって、いつもジル様のあとを追いかけ回していたんだもの。いつも不安だった。刺繍《ししゅう》は上手で、マナーもダンスも何でもそつなくこなして、わたくしもあなたのような人だったなら胸を張ってジル様の隣《となり》に立てるのにって、ずっと思っていました。そんな人だから、ジル様を取られても仕方がないって思ってましたのに……こんな人道を外れるようなやり方をされる方だったなんて』

嫌悪《けんお》感から眉を顰めると、コーデリア様は激昂《げきこう》したように声を荒らげた。

「私だってやりたくなかったわ！　でも命令だったんだもの、仕方ないでしょう⁉　好きでもない人と懇意《こんい》になってこいって言われて、上手くいかないと怒られて、あげく媚薬を使って体の関係を作ってこいって……ひどい父親でしょう？　でも、それでも私はお父様に褒められたかったの！　ライアン様と出会うまでは、あの居場所のない家でお父様から褒められることだけが唯一《ゆいいつ》の救いだった！」

『コーデリア様……』

「ライアン様が私さえよければお父様に結婚の打診《だしん》をしてくれるって言ったの。だから、もうお父様から褒めてもらうのは諦めようって思ってた。それで、ジルベルト様のことからもすっぱり手を引いて、ライアン様と結婚したいって思うようになった――でも、お父様はライアン様じゃだめだって結婚を許してくれなかった。アリーシャ様ならわかりますよね？　貴族にとって結婚は家の都合で決まるものだって。私はしょせんパッカー家の駒《こま》……お父様がそうしろって言ったらそうするしかないのよ」

コーデリア様は肩で息をしながら一気にまくしたてた。

こんな状態でなければ、わたくしも彼女に同情していたと思う。

けれど、わたくしは彼女のせいでジル様という婚約者を失い命まで落としたのだ。何か一言物申してやらないと気が済まなくて、カッとなった気持ちのままに声を張り上げた。

『だからって何をしてもいいわけがないでしょう⁉　こっちはあなたたち家族のせいで大《だい》迷惑《めいわく》をこうむりましたのよ！　あなたが父親の言いなりになってしまおうとしていたことで、どれほどのものが壊《こわ》れるかわかりますか⁉』

「うるさい！　あなたに何がわかるのよ！」

カッとなったコーデリア様が、ツカツカとわたくしのところまでやってきて胸倉《むなぐら》を摑んだ。もはや売り言葉に買い言葉だった。

『わかるわけありませんわ！　コーデリア様だって、わたくしの何を知っていますの⁉』

あなたのせいで婚約破棄されて、ジル様に裏切られたと塞《ふさ》ぎこんで、前を向かなければと思って参加した夜会で階段から突き落とされて死んだ。

ずっとジル様のことを恨んできたのに、悪いのはジル様じゃなかったとわかって、わたくしの今までは何だったんですの？

今日までのことを思い出して、一度は止まった涙が再び溢れ出した。

『――あなたさえいなければ、わたくしはジル様と結婚して幸せな家庭を築いていたはずなのに……』

ぼろぼろと涙を零《こぼ》すわたくしを見て、コーデリア様が怯《ひる》んだ。

「な、何の話よ……？」

『あったかもしれない未来の話ですわ……わたくしではもう手の届かない尊いもの……壊したのは別のコーデリア様ですけど、行動次第《しだい》で今回も同じ未来に行きつく可能性はあったんです』

でも、今回わたくしがここに来たことでその未来は回避《かいひ》された。つまり未来は変えられるということだ。

あの時婚約破棄されてしまったわたくしも、コーデリア様と結婚せざるを得なくなったジル様も、愛されたいと渇望《かつぼう》していたコーデリア様も、今なら救うことができるかもしれない。

わたくしは胸倉を摑んだままのコーデリア様の手を握って、彼女の目をまっすぐに見つめ返した。

『コーデリア様、もっと周りをよく見てください。妄執《もうしゅう》に囚《とら》われたままでは気づけるものも気づけなくなってしまいますわ』

時を遡ってきた頃のわたくしがそうであったように。

『このままお父様の言いなりになっても、コーデリア様が望む未来は訪《おとず》れませんわ』

「私が望む未来……？」

『愛されたかったのでしょう？』

ずばり言い当てたわたくしの言葉に、コーデリア様が顔を歪ませた。

「無理よ。私なんか誰も愛してくれるはずないもの」

『ライアン様は？』

具体的な名前に、コーデリア様がふるふると首を横に振った。

『それは元平民だからですか？』

「それもある――けど、私は媚薬を使って既成事実《きせい》を作ってこいなんて言うような男の娘なの。罪深い私があんないい人にふさわしいわけないいじゃない」

苦しげに顔を歪ませるコーデリア様は、きっとライアン様のことで相当悩んだのだろう。

誰かを好きな気持ちはよくわかる。そして、その人を諦めなければならない気持ちも。

コーデリア様はきっと父親さえ関わらなければ常識的な人なんだろう。

自身のことを罪深いとは言ったけれど、コーデリア様はまだ罪を犯《おか》してない。今ならまだ間に合うと思った。

『コーデリア様はまだ罪を犯してませんわ』

「でも、私……あなたをこんなところに閉じ込めてしまった……」

『わたくしはパッカー家の御者に連れてこられただけですわ。ここのドアが開かなくなったのも、パッカー子爵があの御者に命令したからでしたわよね――――ほら、コーデリア様は関わってませんわ』

「でも、待ち合わせ場所にジルベルト様を呼んだのは私よ」

『わたくしはそのジル様が渡された手紙をちょっと盗《ぬす》み見《み》てしまっただけですわ』

「…………」

『加えて一緒に閉じ込められている状況でしたら、コーデリア様も被害者《ひがいしゃ》になるのでは？』

「被害者……？」

『ええ、ですからお父様たちだけを悪者にすることだってできるのではないですか？』

それを聞いたコーデリア様が驚いたように目を見開いた。

「…………あなた、見かけによらずすごいこと考えるのね」

『実は自分でもびっくりしていますわ』

「アリーシャ様、さっき私のこと苦手だったたって言ってたじゃない。相当迷惑をかけた自覚だってあるわ。悪人として突き出さなくていいの？」

そう尋ねられたわたくしは、一度目を閉じて心の内にそれでいいのかと確かめる。

確かに時を遡る前はコーデリア様のせいで散々な人生だったけど、彼女にもいろいろと事情があったと知ってしまった今となっては、彼女に対する感情は驚くほど凪《な》いでいた。

『わたくしにとって一番重要なのは、ジル様が無事だったことですもの。コーデリア様はジル様のことをなんとも思っていないのでしょう？』

「当たり前よ。あんな冷たい人よりライアン様のほうが何倍も素敵な方なんだから」

その答えを聞いて笑ってしまった。ジル様、確かにコーデリア様に対しては塩対応でしたものね。

『でしたら、そのライアン様のためにコーデリア様もあがかないと。変えられる未来も変わりませんわよ』

諭《さと》すように言うと、コーデリア様はわたくしの胸元《むなもと》から手を放して小さく頷いた。

会話が途切れてしばらく経った。

寒い……。

腕をさすりたいのに、縛られて自由の奪われた状態ではそれすらも叶《かな》わない。コーデリア様が縄をほどこうとしてくれたけど、固く結ばれた結び目はかじかんだ手ではほどくことができなかった。

コーデリア様も消耗《しょうもう》しているせいか先ほどのような元気はなくて、今は二人で肩を寄せ合って座っている。

「朝まであとどれくらいかしら……」

奥歯《おくば》をカタカタ鳴らしながらコーデリア様が呟く。

鉄格子のはめられた窓に目を向けると、外はまだ暗く星の輝きが見えた。時間の感覚が狂《くる》っているせいか、長い時間経ったのかまだそれほど経っていないのかわからない。

一枚の毛布に二人でくるまっているけれど、寒さの前では気休めにしかならなかった。このままでは朝が来る前に凍死《とうし》してしまうのではないかと不安になる。

(わたくし、このまま死んでしまうのかしら……)

今度こそ婚約破棄を回避できたと思ったのに、ジル様と死に別れるなんて……どうあってもわたくしたちは結ばれないの？　とネガティブなことを考えかけ、慌てて頭を振る。

（そんなの絶対にだめ……！　生きて、今度こそアリーシャと幸せになってもらわなきゃ）

ジル様……。

無性《むしょう》にジル様に会いたかった。

ジル様……。

――アリーシャ――

会いたすぎて幻聴《げんちょう》が聞こえてきた。

ジル様……。

会いたい。

ジル様……！

思いが溢れそうになった時、ガタガタと音がして鉄のドアが勢いよく開いた。

なだれ込むようにして、ジル様が中に駆け込んでくる。

「アリーシャ！」

名前を呼ばれて抱きしめられた。ほっとするような温かさに涙が溢れた。

目元に浮かんだ涙を拭《ぬぐ》ったジル様は、わたくしの体を温めるようにさらに強く抱きしめると、わたくしの肩に顔を埋《うず》めてほっと息をついた。

「無事でよかった……」

ジル様の言葉と温かさに、ようやく助かったのだと実感がわいてくる。

続いて入ってきたライアン様がコーデリア様を抱きかかえているのを見てほっと胸をなでおろしたわたくしは、緊張の糸が切れたかのように意識を手放したのだった。

気がつけば、わたくしは真っ白な空間でアリーシャと向かい合っていた。

まるで鏡を見ているようにそっくりな自分の姿を見て、最後の時が来たのだと悟《さと》った。

体をお返ししなければと申し出ようとしたところで、アリーシャが先に口を開いた。

「助けてくださってありがとうございました。あなたが来てくれなければ、わたくしどうなっていたか……」

『まったくですわ。でも、どうしてあんなところにいましたの？　ジル様はコーデリア様には会いに行かないと言っていましたわよね？』

コーデリア様との待ち合わせ場所にいた理由を尋ねると、アリーシャはそっと目をそらしてもじもじしながら「だって」と答えた。

「わたくしの口からちゃんとお伝えしたかったんですもの。ごめんなさい、もうジル様を諦めてくださいって……でも、待ち合わせの場所にコーデリア様はいらっしゃらなくて……」

『代わりに、あの御者に襲われたと……』

アリーシャが小さく頷くのを見て、はぁと息をついた。

『本当に無事でよかった……なんて無茶をと言いたいところですけど、わたくしもあなたの気持ちはよくわかるから責められませんわね』

自分のことだけあって、アリーシャの気持ちが手に取るようにわかった。わたくしも彼女と同じ状況だったら、同じように行動したかもしれないと思って苦笑してしまった。

その時になって、ふとアリーシャがこの状況に全然動じていないことに気づいた。普通、目の前にもう一人の自分が現れたらもっとびっくりすると思うのだけれど。

『えっと、今さらかもしれませんけど、わたくしのこと……聞きませんの？　すごく不審《ふしん》者《しゃ》だと思うのですが』

わたくしの聞き方が面白《おもしろ》かったのか、アリーシャはくすくすと楽しそうに笑った。

「不審者って……あなたはわたくし、なんでしょう？」

『え……？』

「こうしてあなたと一緒にいると、あなたの記憶や気持ちが流れ込んできますの……今やっとわかりました。あの不思議な夢は、あなたが見ていたものでしたのね」

『ゆめ……？』

「以前、ジル様に不思議な夢を見るという話をしましたでしょう？　手紙を書いたり、数学の問題を解いたり、デートの計画を立てたり……」

言われて、そういえばと思い出す。どうやらアリーシャは、眠っている間にわたくしとジル様のやりとりを夢として見ていたらしい。

「あなたが、わたくしとジル様の間を取り持ってくださっていたのね」

『……わたくしはただ、あなたとジル様が結婚する未来を見たかっただけですわ』

あくまで自分のためだと言うわたくしに、アリーシャは悲しげに眉尻を下げた。

「…………それなのに、このまま消えてしまうおつもりですか？」

これからのことを見透《みす》かすような発言に、ギクリと体を震わせる。

『ど、して、それを……？』

「言いましたでしょう？　あなたの気持ちが伝わってくるって」

口に出していないことを知られているということは、思っていることが伝わっているというのは本当らしい。わたくしは明るく聞こえるように口を開いた。

『わたくしは一度死んだ人間ですもの。いつまでもここにいるわけにはいきませんわ』

それを聞いたアリーシャが、泣きそうに顔を歪ませた。

『そんな顔をしないで。わたくし、ジル様とあなたが仲睦《なかむつ》まじくしている光景が見れただけで十分ですのよ』

一瞬《いっしゅん》だけ、魂《たましい》の統合のことが頭をかすめたけれど、彼女の負担になるわけにはいかないと考えを振り払《はら》う。

切なく疼《うず》く心に蓋《ふた》をして無理矢理笑ってみせれば、アリーシャがそっとわたくしの手をすくいあげて「うそ」と言った。

「本当は消えたくないと思ってるくせに」

『嘘《うそ》じゃありませんわ！　わたくしは本当に十分だと思って――』

「確かにそう思っているのかもしれませんけど、それだけじゃありませんわよね？」

『そんなことっ……！』

「ないとは言わせませんわよ」

ピシャリと言い返されて押し黙ると、持ち上げられた手を包み込むように握《にぎ》られた。

「消えたくない、もっと一緒にいたかったって――そう、思っているのでしょう？」

『っ……！』

図星を指されて押し黙ると、アリーシャが畳《たた》みかけるように続けた。

「あなた、さっきコーデリア様に『あがかないと変えられる未来も変わらない』って言っていましたわよね？　目の前に方法があるのに諦めるのですか？　ブライト様の言っていた魂の統合を今なら試《ため》せるのに？」

『そう簡単に言わないで！　統合した後どうなるか、わたくしが何を心配しているかわからないわけではないでしょう!?』

魂が統合したとして、どちらがベースになるのか、ベースにならなかったほうはどうなるのか、それとも全く違う人格になるのか、やってみないとどうなるかはわからないのだ。

「わたくしが残るか、あなたが残るか、それとも全然違う人格になるのか、でしょう？」

『わかっているなら！　どうしてそんなリスクを冒《おか》してまでわたくしを助けようとしてくださるの!?』

同一人物とはいえ、今はそれぞれに自我《じが》がある状態だ。それなのに、どうしてそこまでできるのかと尋ねると、アリーシャはわたくしの手をきゅっと握って涙を零した。

「だって、あなたもわたくしと同じくらいジル様のことが好きだってわかってしまったんですもの……あなたが時を遡ってくれなかったら、わたくしはきっとあなたと同じ未来を辿《たど》っていたはず……今こうしてわたくしがあなたと違う未来を迎えることができているのは、あなたがジル様との未来を望んでくださったからに他なりませんわ——それなのに、あなたは？　自分で切り開いた未来を見れないまま消えなければならないなんて、そんなの悲しすぎます！」

アリーシャは一度言葉を切ると、涙で濡れた目をまっすぐわたくしに向けた。

「だからわたくしは、あなたがわたくしの未来を憐《あわ》れんで救ってくれたように、今度はあなたを救いたいのです！」

『で、でも、ジル様がなんと言うか……』

「ジル様でしたら、きっとあなたのことも受け入れてくださいますわ」

当然というように言い切ったアリーシャに、いつだったか「僕のアリーシャはそんなに心の狭い人間じゃありません」と断言したジル様の姿が重なった。二人して似たようなことを言っていると笑おうとして、失敗して泣き笑いみたいになってしまった。

『お二人ともお人好《ひとよ》しすぎますわ』

「そんなことを言ったら、あなただってお人好しでしょう？」

そうしてくすくすと笑ったアリーシャは、涙を拭って「ねぇ」と言った。

「――もっと単純に考えていいのではないかしら？　ジル様のそばに残りたいか、残りたくないか」

あなたはどっち？　と聞かれて、ギリギリのところでこらえていたものが決壊《けっかい》した。

ジル様と一緒にいたい。これからももっと名前を呼んでもらいたい。手だって繋《つな》ぎたい。なんでもないことを一緒にお話しして……やりたいことが次から次に溢れてくる。

『……残りたい！　残って、ジル様と一緒の未来を歩きたい……！』

涙ながらにアリーシャの手を握りしめると、真っ白な光に包まれた。

「なら、決まりですわね」

目の前に立つアリーシャの記憶が流れ込んできて、二つに分かれていた記憶と魂が一つに集約されていった。

❖◆❖◆❖

アリーシャを捜して中庭の噴水前にやってくると、噴水から少し離れたところにアリーシャのショールが落ちていた。

彼女の身に何かあったことを確信して、ブライトとライアンと手分けして捜すことにした僕は、中庭の隅まで来たところで、彼女の髪飾りが落ちているのを見つけた。たしかにここにいた形跡に周囲を見回すと、古びた倉庫が目に留まった。

古びた倉庫のドアが中から開かないように不自然に閉じられていた。違和感《いわかん》を覚えて、つっかえ棒のようなものを外してドアを開けると、手首と足首を縛られたアリーシャがコーデリア嬢と肩を寄《よ》せ合って震えていた。

「アリーシャ!」

駆け寄って無事を確かめるように抱きしめ、露出した肩の冷たさに驚いた。男と違って露出の多い女性のドレスでは寒かっただろう。あらわになっていた二の腕ごとアリーシャを抱きしめて「無事でよかった」と声をかけると、彼女は安堵《あんど》したように意識を失った。

アリーシャと一緒にいたコーデリア嬢は、僕の後に続いてやってきたライアンに介抱《かいほう》されながら、涙ながらにことの顚末《てんまつ》を話してくれた。

まさか僕を待ち合わせ場所に呼んで御者に襲わせようとしていただなんて、夢にも思わなかった。しかも、そのあとコーデリア嬢から媚薬を盛られて彼女を襲わせる手筈《てはず》になっていたことを聞いて、僕もライアンも言葉を失った。

同時に、僕の中にいたアリーシャがなぜ婚約破棄を言い渡されたのかわかってしまった。おそらくここではない世界の僕は、コーデリア嬢の純潔を散らしてしまった責任を取らされることになったのだろう。

あまりにも理不尽な出来事にカッとなって、パッカー子爵のもとに殴《なぐ》り込みに行こうとしたところを、ライアンとブライトに彼女たちの治療《ちりょう》が先だと全力で止められた。

比較的《ひかくてき》回復の早かったコーデリア嬢は、御者と父親を役人に突き出すためにライアンに付《つ》き添《そ》われて家に帰っていった。

一方僕は意識の戻らないアリーシャを抱いて、彼女の屋敷《やしき》に運ぶことになった。

ガラガラと揺れる馬車の中、話があると言ってついてきたブライトは、アリーシャが未だに目を覚まさないのは、僕の中にいたアリーシャが元の体に戻ったからだろうと言った。

ブライトは卒業の少し前、サロンでアリーシャに魂の統合の話をしたと僕に語った。

その話によると、本来の器《うつわ》に戻ったアリーシャの魂には二つの道があるらしい。一つは今いるアリーシャの魂と統合すること、もう一つは統合せずに成仏すること。

おそらく今アリーシャの体の中では、二つの魂によって話し合いが行われているのではないかということだった。

「アリーシャ嬢と統合してここに残るか、成仏して消えるか、どうしたいか聞いてみたけど、彼女は答えに迷っているようだったよ」

ブライトは魂の統合の話をした際のアリーシャの様子を教えてくれた。

昨夜アリーシャと話した時、彼女は魂の統合について何も話さなかった。

それどころか――。

「……昨日の夜、アリーシャからもう一人のアリーシャを託すと言われました」

昨晩のやりとりを思い出しながら言えば、ブライトは「そっか……なら、彼女は決めたんだね」と、僕の膝に頭を乗せて眠っているアリーシャを見てそっと目を伏《ふ》せた。

メイベル家には事前に連絡《れんらく》していたため、これといって混乱はしなかった。心配なので泊《と》まり込みでアリーシャに付き添わせてほしいと願い出たら、彼女の両親は嫌な顔一つせずにアリーシャのベッドのすぐ横に椅子《いす》を用意してくれた。

初めて足を踏み入れたアリーシャの部屋は、そこかしこに可愛《かわい》らしい小物が置いてあって女の子の部屋という感じだった。

用意してくれた椅子に座って、ベッドに横たわるアリーシャの顔を眺めた。深い青の目は固く閉じられ、長いまつげが影を落としている。

何もできない自分が辛《つら》くて膝の上で手を握りしめる。

僕がコーデリア嬢との待ち合わせ場所に行かなかったせいで、代わりにアリーシャが襲われることになってしまった。けど僕が行っていたら、僕の中にいたアリーシャと同じ未来を繰り返すことになっていたかもしれなかった。

何が正解だったかなんて、もう起きてしまったことの前で考えるのは無意味だ。

今はアリーシャが無事に目覚めるのを待つしかない。

健《すこ》やかな寝息《ねいき》を立てて眠るアリーシャの顔は穏《おだ》やかだ。

本当にこの体の中で魂の対話というものが行われているのだろうか。

ずっと僕が想い続けてきたアリーシャと、僕の中にいたアリーシャ。

二人がどんな話をしているかなんて想像もつかない。

ただわかるのは、僕の中にいたアリーシャは統合という道を選ばないだろうということだった。

つまり、成仏して消える。

卒業式前夜、アリーシャは魂の統合の話を知っていたはずなのに、僕にその話をしなかった。おそらく彼女はその時が来たら統合せずに成仏するつもりでいたのだろう。

彼女が幽霊としてここに存在していた時点で、いつか別れが来ることはわかっていたはずだ。それなのに、どうして僕は今こんなに悲しいのだろう。

最初こそ早く離れたかったはずなのに、誤解が解けて、僕とアリーシャのことで親身に相談に乗ってもらっているうちに、いつの間にか気心の知れた友のような存在になっていた。

僕の中に来てから今日までのことが思い出される。

婚約破棄された上に、階段から突き落とされるなんて散々な死に方でしたでしょう？なんて彼女は笑って言っていたけど、そんな経験をしたら性格だってもっと歪んでしまってもおかしくはないはずだ。それなのに、彼女は自分のようにならないでほしいと僕とアリーシャが仲違《なかたが》いをしないように間を取り持ってくれた。

「……僕、まだあなたに言いたいことがたくさんあるんです」

椅子から腰《こし》を浮かせてアリーシャの頭に手を伸《の》ばす。触《さわ》り心地《ごこち》のいい銀の髪を梳《す》いてそっと頭をなでる。

彼女は婚約破棄の真相を知ってしまっただろうか。

僕の中にいたアリーシャには何の落ち度もなかった。婚約破棄されてどれだけ傷ついただろう。階段から突き落とされて、どれだけ怖《こわ》い思いをしただろう。そうして未来を変えるために頑張ってきたのに、彼女自身は成仏して消えなければいけないだなんて……。

どうして彼女だけが割を食わなければいけないんだ。一番辛い思いをした彼女が報《むく》われないなんてあんまりじゃないかとさえ思った。

白く滑《なめ》らかな頬をなでて、頬にかかった髪そっと払う。

目が覚めたら、僕の中にいたアリーシャはいなくなっているだろう。

あんなに毎日一緒にいたのに、突然すぎて別れの挨拶《あいさつ》もできないなんてと唇《くちびる》を噛《か》みしめる。

「アリーシャ……僕はあなたにさよならもありがとうも言わせてもらえないのですか？」

アリーシャの華奢《きゃしゃ》な左手をすくい上げて、そうしてもう一度彼女の顔をじっと見つめる。

――それにわたくし、あなたに夢を見せてもらいましたもの――

昨夜の彼女の言葉が耳によみがえった。

その夢を実現する術《すべ》を知りながら、彼女はどんな気持ちでそれを言っていたのだろう。

アリーシャと僕の中にいたアリーシャ――その二つの魂が一つに統合される場合、どちらのアリーシャが残るのか、それともそのどちらでもない新しい彼女になるのかはわからないとブライトは言っていた。『わたくしと今のあなたたちは違う』と言っていた彼女のことだ、アリーシャのことを心配して統合しないという結論を出したに違いない。

「あなたは優しいから、僕とアリーシャのために夢を諦めたのでしょう？」

最後までいじらしい彼女に切ないほど心が締めつけられた。

もし、彼女が統合の道を選んでいたらどうしただろうかと、今となってはありえないことだとわかりながらも、わずかな可能性について考えてしまう。

アリーシャと僕の中にいたアリーシャ――統合した後どちらのアリーシャが残るのか、そのどちらでもない新しい彼女になるのか、なんて考えてもわかるはずもない。

けれど、ただ一つはっきりしているのは、どんなアリーシャになろうとも僕は彼女を受け入れるつもりでいるということだ。

どんなアリーシャであっても、僕はきっとまたアリーシャに惹かれるのだろう。僕が、僕の中にいたアリーシャにどこか心を惹かれていたように。

僕はアリーシャの左手を両手で包み込んで、祈《いの》るような気持ちで彼女の目覚めを願った。

✤ ✦ ✤ ✦ ✤

ゆっくりと目を開けると、メイベル家の自分の部屋に寝かされていた。

ぼんやりする頭を振って今までのことを思い返してみると、アリーシャの記憶とジル様の中にいた時の記憶が二つとも存在していた。不思議な感覚に瞬《まばた》きを繰り返していると、ふと手が温かいことに気づいた。

視線を下げてベッドの脇《わき》に向ければ、ジル様が祈るような姿勢で手を握ってくれていた。

「ジルさま……」

たどたどしく名前を呼ぶと、ジル様の肩がピクリと震えた。下がっていた頭がふっと上を向き、彼の青い双眸がわたくしを捉《とら》えた。

「アリーシャ……！」

ジル様は涙ぐみながら「よかった」と微笑《ほほえ》んだ。

優しい声音《こわね》で名前を呼ばれたらそれだけで胸がいっぱいになって、昨日から緩《ゆる》みっぱなしの涙腺《るいせん》から涙が溢れた。

ジル様はわたくしの手を握ったまま、深く頭を下げた。

「危険な目にあわせてすみませんでした」

「ジル様？」

「あの時、僕がそばにいればこんなことには――」

自分を責めようとするジル様の言葉を遮《さえぎ》って、わたくしが言葉を割り込ませる。

「いいえ！　もとはと言えば、わたくしが待ち合わせ場所を教えてしまったのが原因ですもの」

頭を下げるジル様に、体を起こしてわたわたと手を振れば、彼は驚いたような顔をしてわたくしの顔をまじまじと見つめた。

「………あなたは、僕の中にいたアリーシャ……？」

わたくしという存在に気づいてもらえたことが嬉しくて大きく頷く。でも、わたくしだけではないのだと笑いかける。

「ええ。あの子が……あなたのアリーシャがわたくしを受け入れてくれて、あの子の一部になったといいますか。あの子もわたくしの一部になったといいますか……だから、今のわたくしはあなたの婚約者のアリーシャであって、ジル様の中にいたアリーシャでもあって、二人分の記憶があって……ええと、説明が難しいですわね……？」

説明に四苦八苦していると、ポカンとしていたジル様が破顔した。

「つまり、二人とも消えずにここにいるということでいいんですね？」

綺麗《きれい》に要約してくださったジル様にコクリと頷いてみせれば、ジル様は目を潤《うる》ませて

「おかえりなさい、アリーシャ」と優しく抱き寄せてくれた。

エピローグ　まだ見ぬ未来をあなたと

卒業パーティーから一週間後。

この日、わたくしのお屋敷《やしき》にジル様とブライト様がいらっしゃった。

三人で円テーブルを囲んで席に座ると、すぐにお茶が運ばれてきた。香りのよい紅茶とベリータルトがテーブルに並ぶ。全員分が配膳《はいぜん》されたところで、使用人を部屋から下がらせた。

お部屋にわたくしたちだけになると、ブライト様が先陣《せんじん》をきって話しだした。

「手紙で様子は知ってたけど、もうすっかり大丈夫《だいじょうぶ》そうだね」

「ええ、おかげさまで縛《しば》られた痕《あと》もすっかり綺麗《きれい》になりましたわ」

袖《そで》を少しだけ捲《めく》ってすっかり綺麗になった左手首を見せると、目の下の隈《くま》が薄《うす》くなってすっかり別人のようになったブライト様と目が合った。

「そういうブライト様もすっかり目の下の隈が薄くなりましたわね」

わたくしの言葉に続いてジル様もブライト様の顔を見る。二人の視線を受けて、ブライト様が得意げな顔で笑った。

「卒業パーティーも無事終わって心配事がなくなったからね。ようやく人並みに熟睡《じゅくすい》できるようになったよ――それにしても、コーデリア嬢《じょう》の勇気ある行動には驚《おどろ》かされたなぁ。まさか、子爵《ししゃく》を牢屋《ろうや》送りにしちゃうなんてさ」

部屋に三人だけとあってブライト様も遠慮《えんりょ》がない。

わたくしたちが救出された後、事情聴取《ちょうしゅ》を受けた際に、コーデリア様によってこの事件がパッカー子爵の主導で行われたことだと告発された。

わたくしとコーデリア様を監禁《かんきん》した御者《ぎょしゃ》と、御者に依頼《いらい》した子爵は、警備兵によって牢屋に送られ、そこでの聴取の際に伯爵《はくしゃく》家の跡取《あとと》りに媚薬《びやく》を盛ろうとしたことや、禁止薬物の売買、その他の悪事が露見《ろけん》した。散々あくどいことをやってきたようで、当主が投獄《とうごく》されたパッカー家は没落《ぼつらく》の一途《いっと》を辿《たど》るのではないかと言われている。

自分の父親を牢屋送りにしたとあって、コーデリア様は帰る家を失った。もともとは平民として下町で暮らしていた期間が長かったので、町に戻《もど》っても十分生活できると言っていたけれど、そこはライアン様が家に来いと言って譲《ゆず》らなかった。

「ライアンも男を見せたよねぇ。好きな女の子に、守ってやるから家に来いだなんてさ」

「ええ、僕も見習わないといけないですね」

「ジルベルトは十分できてるんじゃないの？」

「……アリーシャが自分の中にいたのに、全く気づけなかったんですから全然ですよ」

ジル様はわたくしがアリーシャだと気づけなかったことを相当引きずっているようで、がっくりと項垂《うなだ》れて顔を覆《おお》った。

「あれは誰《だれ》でもわからなかったかと……」

「ブライトは一目で見抜《みぬ》いてたじゃないですか」

ジトリとした視線をブライト様に向ければ、彼は「僕と張り合われても困るんだけどなぁ」と困ったように笑った。

「で？　ライアンたちは結婚《けっこん》するって？」

「いえ……パッカー子爵が捕《つか》まったことで、犯罪者の娘《むすめ》を一族に加えるのを反対する人たちがいるようで、なかなか一筋縄ではいかないそうです。どうしても結婚が認めてもらえない時は二人で身分を捨てて平民になるって、今のうちから商売の勉強を始めるのだと言っていましたよ」

ジル様がライアン様から聞いた話をすると、ブライト様は意外そうに目を丸くした。

「貴族の暮らしを捨ててまで一人の女性を選ぶかぁ……いっそそこまで思える人がいるっていうのは羨《うらや》ましいね」

「ですね」

「ですわね」

ジル様と二人でブライト様の発言にうんうん頷《うなず》いていると、ブライト様から「君たちも似たようなものでしょ」と呆《あき》れたような目を向けられてしまった。そんなブライト様の目元がふっと緩《ゆる》んだ。

「それにしても、アリーシャ嬢たちが統合を選ぶとは思わなかったな。どうして二つの魂《たましい》が上手《うま》く統合できたんだろう?」

どうしてなんて、そんなこと聞かれてもわかるはずがない。

ただ一つだけ確かなことは……。

「どうして上手くいったのかはわかりませんけど、わたくしたち二人とも同じくらいジル様のことが好きだったので、そのおかげかもしれませんわね」

それを言った瞬間《しゅんかん》、紅茶をすすっていたジル様が盛大《せいだい》にむせた。

「だ、大丈夫ですか⁉」

「……なんとか」

慌《あわ》ててジル様の背中をさすって差し上げると、ブライト様から生暖かい目で見られた。

「いやー、よかったね、ジルベルト。ごちそうさま」

「ブライト!」

「でもほら、これでジルベルトたちも安心して結婚できるね」

口元に笑《え》みをたたえたままブライト様がわたくしたちを見る。黒い双眸《そうぼう》を細めて、カップに残った紅茶を一気に飲み干した。

「結婚式《けっこんしき》には絶対に呼んでよね」

「ええ」

「もちろんですわ」

わたくしたちの返事を聞いて、ブライト様がガタリと席を立った。

「楽しみにしてるよ。それじゃあ二人とも、今度こそお幸せに」

ブライト様はそう言うと、眩《まぶ》しいものを見るような眼差《まなざ》しをわたくしたちに向けた。

✤ ✦ ✤ ✦ ✤

それからさらに一週間後。

この日はわたくしにとって特別な日だった。

時を遡《さかのぼ》る前、ジル様に婚約破棄《こんやくはき》を言《い》い渡《わた》されたのが今日だった。

この二週間、ジル様は一日もかかさずわたくしのところにお見舞《みま》いに来てくれていた。

けれど、今日ばかりはどうしてもジル様に会うのが怖《こわ》くて、屋敷に来ないでくださいと手紙を送ってしまった。それなのに、何かあったのかとジル様のほうから馬に乗っていらっしゃったものだから焦《あせ》った。

記憶《きおく》の中のあの日と重なって、せめて場所だけでも変えようと町のカフェに誘《さそ》いだす。

前にわたくしの誕生日の時にジル様と来たパンケーキの美味《おい》しいお店にやってきたわたくしたちは、あの時と同じようにメニュー表を見ていた。

「アリーシャは何にします？」

前と同じことをジル様が聞いてくる。

わたくしはもう一度メニュー表を上から順にさらい、「今日はこのスフレのにします」とあの時ジル様の中にいたほうのわたくしが頼《たの》んだものをチョイスする。

「あなたがベリーじゃないのは珍《めずら》しいですね。あとはどれが食べたいですか？」

「いつも思うのですが、ジル様が食べたいものを頼んでくださっていいのですよ？」

「僕から楽しみを奪《うば》わないでください」

なんだか気を遣《つか》わせてしまって居たたまれないのですが、ジル様から悲しそうに言われてしまうと何だか言うことを聞いてあげたくなってしまう。

「う……では、ベリーのでお願いします」

結局いつもこの流れになってしまい、わたくしが食べたいものを頼ませてもらっている。

このお店でパンケーキを食べさせあってからというもの、いつもコーヒーか紅茶だけだったジル様が、注文前にわたくしが食べたいものを聞いてくるようになった。もともと甘いものはあまり好まない方だったのに、わたくしがうっかりパンケーキ「あーん」なんてことをしてしまったばかりに、変な扉《とびら》を開いてしまったようだ。

パンケーキがそれぞれの前に運ばれてくると、ジル様が感慨深《かんがいぶか》そうに「あの時と逆ですね」と言った。

わたくしは自分の前に置かれたスフレ生地《きじ》のパンケーキを見て既視感《きしかん》を覚えた。わたくしの中には同時刻のアリーシャの時の記憶とジル様の中にいた時の記憶があるので、両方自分が食べたという感覚になっている。とても不思議な感覚でちょっと面白《おもしろ》い。ジル様の中にいた頃《ころ》は味覚が弱く、パンケーキ本来の味を楽しむことができなかったので、今回はこちらのスフレ生地のものを頼んだというわけだ。

ジル様がパンケーキを一口分切り分けてフォークを差し出してくる。

「はい、アリーシャ。あーん」

度重《たびかさ》なる「あーん」の経験で耐性《たいせい》を得たのか、最近のジル様は恥《は》ずかしがらなくなった。一方のわたくしは未《いま》だに恥ずかしく、この状況《じょうきょう》に慣れることなんて一生ないと思っている。ジル様の中にいた時はそんなに恥ずかしがらなくてもいいのにと思っていたけれど、声を大にして言いますわ。これは恥ずかしがるなと言うほうが無理です、と。

「い、イタダキマス……」

横に垂れた髪《かみ》を耳にかけて、ジル様の差し出してくれたパンケーキをパクっと食べる。

記憶の中の味と全く同じ、酸味と甘みのバランスがいいパンケーキだった。

それからわたくしも自分の頼んだスフレ生地のパンケーキをジル様に「あーん」してあ

げてから食べ始める。シュワッと口の中で溶《と》けるパンケーキは食べただけで幸せな気分になれる。

（んー！　やっぱり味覚をフルで楽しめるのって素晴《すば》らしいですわ！）

けれど今日という日のせいか、ふとした拍子《ひょうし》に婚約破棄された時の光景が脳裏《のうり》をよぎって、これが全部夢だったんじゃないかと不安な気持ちにさせる。

ふとジル様と目が合う。

ありもしない不安をジル様に悟《さと》らせまいとにっこり微笑《ほほえ》んでみると、ジル様から「もう一口食べますか？」ととてもいい笑顔《えがお》で提案されてしまい、圧に負けてもう一口食べさせられることになった。


カフェを出た後、馬車に乗って帰路に就《つ》く。

まだ帰りたくありませんわね……。

物憂《ものう》げにため息をつくと、向かいに座るジル様から「アリーシャ」と呼びかけられた。

「何かあったのですか？」

心配そうな顔で眉尻《まゆじり》を下げられると、この漠然《ばくぜん》とした不安のわけを話さなければという気持ちになる。

「――本当に何もありませんのよ？　ただ……今日は、どうしても……ジル様に会うのが、怖くて……」

なるべく明るく言おうと思ったのに、わたくしの声は自分の意に反してどんどんと小さくなってしまう。

俯《うつむ》いて膝《ひざ》の上で手を握《にぎ》りしめると、握りしめた手を包むようにジル様が手を重ねてくれた。

まっすぐに見つめるジル様の綺麗な目に勇気づけられて、ポツリと言った。

「…………今日、でしたの。婚約破棄された日」

小さく息をのむ気配に、わたくしはジル様の言葉が返ってくる前に言い訳のように言葉を並べた。

「未来は変わったって頭ではわかっていますの。でも、どうしても、今日だけはジル様とお会いしたら婚約破棄されるのではないかと不安でたまらなくなってしまって……おかしいですわよね、もうそんなことありえませんのに」

笑って誤魔化《ごまか》したけれど、乾《かわ》いたような変な笑いになってしまった。

握りしめた手の震《ふる》えが止まらなくて、重ねた手を通してそれがジル様に伝わってしまう。

「アリーシャ……」

ジル様は席を立つと、わたくしの隣《となり》に座ってそっと肩《かた》を抱《だ》き寄せてくれた。傾《かたむ》いた頭がこつんと彼の胸に触《ふ》れて、驚いて声を上げてしまった。

「ジル様⁉」

「はい？」

「あああ、あの！　か、肩が……！」

「ええ、触れ合ってますね」

近すぎる距離《きょり》に狼狽《うろた》えるわたくしとは対照的に、余裕《よゆう》そうなジル様にしれっと返されてしまって、何事かと耳を疑った。

（え？　なに？　なにが起こってますの⁉）

何かの間違《まちが》いではないかとジル様から体を離《はな》そうとしたら、彼の手に力が入ってわたくしの肩をその場に押しとどめた。

今までこんなことされたことなかったから、驚いて固まってしまった。

ギギギと首を捻《ひね》って斜《なな》め上を見ると、穏《おだ》やかな笑みを浮《う》かべたジル様と目が合った。

「あ……あの……？」

「はい？」

「ですから、かか肩が……」

たまらずに腰《こし》を浮かせると、ジル様がわたくしを逃《に》がすまいと背後の壁《かべ》に手をついた。

「逃げないで」

そう言ったジル様は、ふと何かを思い出したかのように口《くち》の端《はし》を上げた。

「そういえば、あなたはこういうのがお好きだと言っていましたね」

「ふぇ？」

「【逃げないで。僕の目を見て答えてください】でしたっけ？」

「っ！」

いつかジル様の部屋で実践《じっせん》した壁ドンを再現され、あまりのかっこよさに息をするのも忘れた。視線が、ジル様の青い瞳《ひとみ》に釘《くぎ》づけになる。

「も、もも、もう壁ドンはなさらないのではなかったのですか⁉」

いつかのジル様の言葉を借りて反論したら、「やってはいけませんでしたか？」と困ったように眉尻を下げられた。

そんな顔を見てしまったら、だめですとは言えなくなってしまい、「いえ」と借りてきた猫《ねこ》のように動けなくなってしまう。

（なに？　一体どうしてしまったの⁉　どこかで頭でも打っておかしくなってしまったとか⁉）

ぐるぐるとそんなことを考えながらジル様の隣に座り直すと、もう一度抱き寄せられた。

「もう我慢《がまん》しないことにしたんです」

「え……？」

「本当は今まで何度もこうして抱きしめたかったんです。でも、あなたに拒絶《きょぜつ》されるのが怖くて、ずっとこの一歩が踏《ふ》み出《だ》せずにいました」

「そう……でしたの……？」

「ええ。でも、僕のこの曖昧《あいまい》な態度があなたを不安にさせていたとわかったから——だから、もうこれからは遠慮しませんよ」

「ジル様……」

「それに、僕に気負わなくていいと言ってくれたのはあなただったではありませんか、アリーシャ」

「え？　わたくし、そんなこと言いました⁉」

「ええ、僕の中にいたときに」

記憶を辿《たど》れば、たしかに二つに枝分かれした記憶の中でそんなことを言っていたような気がする。

「あれは、その……」

完全に第三者目線だったというか、自分には関係のないことだったから簡単に言えたわけで、あの時はまさか自分の体に戻れるだなんて想定していなかったのだ。

だから今こうして抱き寄せられると、どうしていいかわからなくなってしまう。

言い淀《よど》んであうあうと口だけがから回る。熱くなった頰《ほお》を押さえながら、察してほしいと求めるようにジル様を見上げると、彼の笑みが深くなった。

「そんなに可愛《かわい》い顔をされたら、ますます放したくなくなるのですが」

服越《ご》しに伝わる彼の体温に、心臓が跳《は》ねるように早鐘《はやがね》を打ち始める。

（ああ、もう！　早く鎮まって、わたくしの心臓！）

こんなふうにまっすぐに言葉にされると、恥ずかしくてなんだかくすぐったくて、心の中に温かい何かが溢《あふ》れてじわりと広がっていく。

大好きという思いが溢れそうになって、ジル様の胸にぽすんと顔を埋《うず》めた。

「ジル様こそ、その顔反則すぎます……」

彼の胸に耳を当てれば、トクトクといつもより速い心臓の鼓動《こどう》が聞こえた。

そういえば、ジル様もいつもアリーシャと一緒《いっしょ》にいるときは鼓動の音が速かったような気がする。それを思い出してくすっと笑うと、ジル様から「どうかしましたか？」と尋《たず》ねられた。

「いえ……ただ、ジル様もわたくしと一緒にいるときはドキドキしてらっしゃいますのねと思って」

そう答えると、ジル様が小さく笑った。

「仕方ないでしょう？　大好きな人と一緒にいるのですから」

「っ！」

（ななな⁉　今までこんなにはっきり物を言う方でしたっけ⁉）

恥ずかしがって慌てる姿を見るはずだったのに、素直《すなお》に認めるだなんて。

彼の胸に手をついて顔を上げれば、にこりとした笑みを返された。

「これからは遠慮しないって言いましたよ——あ。すみません、ここで止まっていただけますか？」

ふと窓の外に目を向けたジル様が御者の男性に向かって声をかけた。

ややあって、馬車の振動《しんどう》が止まり扉が開かれた。ジル様が先に降りていき、手を差し伸べてくれる。タラップを下りきると、公園の入り口だった。目の前には草花が絨毯《じゅうたん》のように広がっている。

心地《ここち》よいそよ風がジル様の髪を揺《ゆ》らし、タンポポの綿毛がふわりと舞《ま》いあがって空へと飛んでいく。

「よろしければ、少し寄っていきませんか？」

穏やかな微笑みを浮かべたジル様が提案してくる。あのまま馬車の中にいたら心臓がどうにかなってしまいそうだったので、その申し出はとてもありがたかった。

わたくしが頷くと、ジル様は掴《つか》んだままになっていたわたくしの手をぎゅっと握り返して歩き出した。

落ち着きかけた鼓動がまた速くなる。

ジル様の中にいる頃はあんなに手を繋《つな》いで歩きたいと思っていたはずなのに、いざ繋いでみると思っていた以上に恥ずかしい。さらには手に汗《あせ》をかいてないかとか変なことが気になりだしてしまって、頭の中がパニックに陥《おちい》る。

「すみません、ジル様。い、一度手を放していただいてもいいですか？」

「なぜ？」

「わ、わたくしの手、ベタベタしているかもしれませんし……」

せめて手を洗わせてほしいと願い出ると、ジル様は破顔した。

「なっ……どうして笑いますの⁉　こっちは真剣《しんけん》に――」

「すみません。あなたがあまりにも可愛らしいことを言うから……」

ジル様はそう言って指と指を絡《から》ませてさらに手を握りこむと、その手を持ち上げてわたくしの指先に口づけた。

あまりの衝撃《しょうげき》に思考が停止した。続いて顔が熱くなる。ジル様を見れば、彼はいたずらが成功したというような顔をしていた。からかわれたのだと思って、繋いだ手を大きく振《ふ》り払《はら》おうとした。

「は、放してください。ちゃんと一人で――」

一人で歩けますから！　と言い終わる前に、ジル様が繋いでいないほうの手でわたくしの唇《くちびる》をそっと押さえた。

「放しませんよ。少なくとも、あなたが今日、不安を感じなくなるまでは」

公園を軽く散策する間、ジル様は言葉通りずっとわたくしと手を繋いでいてくれた。

小さな東屋《あずまや》で休憩《きゅうけい》していると、リゴーン、リゴーンと教会の鐘《かね》の音が聞こえてきた。

近くの教会で誰かが結婚式を挙げているらしい。

目を閉じて鐘の音に耳を傾けていると、「アリーシャ」と名前を呼ばれた。

ゆっくりと目を開けると、膝を突《つ》き合わせるようにして横に座っていたジル様が、繋いだままになっていた手にぎゅっと力を込《こ》めた。

「今まできちんと言葉にしていなかったですよね」と言ったジル様は、改まった様子でわたくしを見つめた。

「アリーシャ、初めてお会いした時からずっと好きでした。僕と結婚していただけますか？」

改まったジル様の言葉は、先ほどから時折頭の中をちらついて離れなかった婚約破棄の言葉を吹き飛《ふと》ばすには十分な威力《いりょく》だった。

まさかプロポーズされるとは思ってなかったわたくしは、嬉《うれ》しくて泣きそうになるのを堪《こら》えながら「はい」と繋いだ手にもう片方の手をそっと重ねた。

そのままジル様に抱きすくめられてしまって、彼の肩に顔を埋める。

温かい……。

目を細めてぐりぐりと額を彼の肩にこすりつけると、ジル様は優《やさ》しい手つきで頭をなでてくれた。

ちらりとジル様を見上げたら、優しく目を細めた彼と目が合った。

「必ず幸せにします」

ジル様はいつかの時と同じように言うと、体を屈《かが》めておでこにキスを落とした。

くすぐったい気分になってふふっと笑うと、ジル様からも同じような笑みが返される。

そのままお互《たが》いのおでこが触れ合う。

「誓《ちか》いの証《あかし》に口づけてもいいですか？」

内緒話《ないしょばなし》をするように囁《ささや》いた彼に小さく頷き返すと、そのまま顔が近づいてきたのでそっと目を閉じた。

唇に柔《やわ》らかいものが触れ離れていく。

目を開けるとすぐそこに大好きなジル様の顔があって、さっきまで不安でたまらなかった心が温かいもので満たされていた。

「ジル様、わたくしも大好きです」

溢れ出しそうになる気持ちを言葉にすれば、ジル様はこの上なく幸せそうな顔をしてもう一度強く抱きしめてくれた。

プロポーズから半年後。

今日、わたくしアリーシャ・メイベルはジル様と結婚する。

♣✦♣✦♣

リゴーン、リゴーン
結婚を祝う鐘の音が町中に響《ひび》き渡る。

雲一つない晴《は》れ渡った青空に、二人の門出《かどで》を祝う白い鳥が放たれ空高く羽ばたいていく。

ステンドグラスがあしらわれた大きな窓から光が降り注ぐ礼拝堂で、神父様を前に純白のドレスに身を包んだわたくしはジル様と並び立って愛を誓い合った。

神父様の言葉に従い結婚証明書に交互《こうご》にサインをして、白の婚礼《こんれい》の衣装《いしょう》を身に纏《まと》ったジル様と向かい合う。

この日のために二人で選んだ指輪を互いの薬指にはめて、ジル様がわたくしの顔を隠《かく》していたベールを優しく持ち上げた。

視界がクリアになってジル様の顔がはっきりと見えるようになる。

何度となく夢に見たこの瞬間に胸が高鳴る。

神父様の合図と共に、身を屈《かが》めたジル様と触れるだけの口づけを交《か》わした。

この日、わたくしたちは晴れて夫婦《ふうふ》になった。


バージンロードを歩いて外に出ると、式に参列していた親族や大勢の友人たちが笑顔で出迎《でむか》えてくれた。その中にはライアン様やコーデリア様、ブライト様の姿もあった。

参列者の最後尾《さいこうび》にいたブライト様からお祝いの言葉をもらって、わたくしたちは今しがた歩いてきた道を振り返った。

挨拶《あいさつ》した方々が色とりどりの花びらをまいてわたくしたちを祝福してくれている。

ああ、なんて幸せな日……。

多幸感で胸がいっぱいになって泣きそうになった。

わたくしは隣に立つジル様にこっそり声をかける。

「何ですか？」と話を聞こうと身を屈めてくれたジル様の頬にキスを贈《おく》る。

「ジル様……わたくし、今とっても幸せです」

そう言って笑いかけると、ジル様はふっと目を細めて唇にキスを返してくれた。

「僕もです。やっと一緒に暮らせますね」

「半年前までほぼ一緒でしたものね」

元の体に戻って生活するようになって半年、朝起きてジル様のいない生活はとても寂《さび》しかった。どうやら今日という日を待ち遠しく思っていたのはわたくしだけではなかったようで、ジル様と一緒に笑ってしまった。

参列してくれた皆様《みなさま》へ深くお辞儀《じぎ》をして踵《きびす》を返す。

ジル様から差し出された手に自分の手を重ねた。


ここから先はわたくしも知らないジル様との未来。

眩しいくらいの青空の下、まだ見ぬ明日を大好きな人と迎《むか》えられる奇跡《きせき》に感謝しつつ、わたくしはジル様と未来への一歩を踏み出した。

あとがき

はじめまして、こんにちは。風凪《かざなぎ》と申します。

このたびは『逆行先が(元)婚約者《こんやくしゃ》の中ってどういうことですか？　婚約破棄《こんやくはき》されたのに『体の中』で同棲《どうせい》することになりました』をお手に取ってくださり、本当にありがとうございます。

本作は、魔法《まほう》のiらんど大賞2021小説大賞で入選した『逆行先を間違《まちが》えた令嬢《れいじょう》は婚約者の中に甦《よみがえ》る』という作品を改題・改稿《かいこう》したものです。

改稿に改稿を重ねた結果、シリアスだったお話がコメディに生まれ変わりました。内容に合わせて、堅《かた》い印象だったタイトルもライトな感じに変わっています。

本作は、ちょっと珍《めずら》しい逆行ものが書きたいなと思ったことがきっかけで生まれました。

主人公が逆行転生する作品は数あれど、逆行先が別の人という作品はあまりないかもと書きはじめてみたのですが、一つの体の中で一緒《いっしょ》に過ごすということの不自由さに早々に気づかされることになりました。なにせ手すら繋《つな》げない上に、四六時中一緒にいるせいで隠《かく》しごとをすることすら至難の業《わざ》……どう書こうかと悩《なや》んだのはいい思い出です。

改稿にあたり担当様と一緒に頭を悩ませたのが、もう一人のアリーシャの存在です。改稿によってジルベルトがアリーシャの正体を知るタイミングが大きく変更《へんこう》されたので、下手したらジルベルトが浮気《うわき》しているように受け取られないかと、そこに一番気を遣《つか》いました。アリーシャに気持ちを向けすぎてしまうともう一人のアリーシャが蔑《ないがし》ろにされているようになってしまうため、どうしたものかと悩んだ末に本作のような形になりました。

ウェブ版とはいろいろなところが変わっているので、一度お読みいただいた方も別のお話として楽しんでいただけるのではないかと思っています。

あとウェブ版から大きく変わったところといえば、ブライトでしょうか。脇役《わきやく》でありながら重すぎる過去を背負っていた彼ですが、脇役なのに重すぎるという理由からその部分が変更になっています。確かにウェブ版ではジルベルトの存在感を食ってました。（笑）

実はブライトには秘密《ひみつ》の裏設定があるので、気になる方は是非ウェブ版も覗《のぞ》いてみてください。

逆行転生の魔術書を読んだことがあるだけのブライトが、アリーシャの過去話をすんなり信じたのはそのあたりに事情があったりします。ここを読んだあとでもう一度読み返していただくと、ブライトのセリフの印象が少し変わるかもしれません。

そういったところも含《ふく》めてお楽しみいただけましたら幸いです。

ここからは本作の刊行にあたり、お世話になった方々への謝辞を。

魔法のiらんど様、ビーズログ文庫編集部の皆様《みなさま》をはじめ、関係するすべての方々へ、この場をお借りして厚くお礼を申し上げます。

特に、たくさんのアドバイスをくださった担当様、本当にお世話になりました。スパダリとか俺様《おれさま》男子が好まれる中、あえて奥手《おくて》男子案を受け入れてくださり本当にありがとうございました。

また、素晴《すば》らしい挿絵《さしえ》を描《か》いてくださいました黒野《くろの》ユウ先生にも心よりお礼を申し上げます。キャラデザを見せていただいた時、イメージ通りのジルベルトに「ああああああ、ジルベルトだ！」と感動しました。品行方正、王子様タイプという、ふんわりとしたキャラクター設定でよくぞここまで的確に描いてくださいました。ジルベルトだけでなく、アリーシャもブライトもみんな素敵《すてき》に描いてくださって、本当に本当にありがとうございました！　それでは、またいつかお会いできることを心から願っております。

最後までお読みくださり、ありがとうございました。

風凪

本書は、二〇二一年に魔法の·iらんどで実施された「魔法の·iらんど大賞２０２１小説大賞」で恋愛ファンタジー部門賞を受賞した「逆行先を間違えた令嬢は婚約者の中に甦る」を加筆修正したものです。

■ご意見、ご感想をお寄せください。
《ファンレターの宛先》
〒102-8177 東京都千代田区富士見2-13-3
株式会社KADOKAWA ビーズログ文庫編集部
風凪 先生・黒野ユウ 先生

ビーズログ文庫

●お問い合わせ
https://www.kadokawa.co.jp/（「お問い合わせ」へお進みください）
※内容によっては、お答えできない場合があります。
※サポートは日本国内のみとさせていただきます。
※Japanese text only

逆《ぎゃっ》行《こう》先《さき》が（元《もと》）婚《こん》約《やく》者《しゃ》の中《なか》ってどういうことですか？

婚《こん》約《やく》破《は》棄《き》されたのに『体《からだ》の中《なか》』で同《どう》棲《せい》することになりました

風《かざ》凪《なぎ》

2022年12月15日 初版発行

発行者 山下直久
発行 株式会社 KADOKAWA
〒102-8177 東京都千代田区富士見 2-13-3
（ナビダイヤル）0570-002-301
デザイン 横山券露央（Beeworks）
印刷所 凸版印刷株式会社
製本所 凸版印刷株式会社

ISBN978-4-04-737299-3 C0193

定価はカバーに表示してあります。

◇◇◇

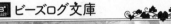